機關盒密碼

九龍遺城

沙棠 著

【各界名家推薦】

一支古董花瓶竟然牽扯出多年隱藏的密謀；我看得津津有味，沙棠的這本作品懸疑、緊張又兼趣味，是閑暇應備之書。

——秦嗣林（大千典精品當鋪老闆／臺北市當鋪商業同業公會榮譽理事長／暢銷作家）

作者沙棠將奇幻元素嵌置於實景中，創作出臺灣本土難得的章回懸疑冒險之作。

——舟動（懸疑推理作家／近作《無恨意殺人法》）

熟知沙棠的讀者都知道，沙棠的作品特具有娛樂性，文字簡潔流暢不說，人物鮮活又顯得詼諧逗趣，由此輕車熟路的帶領讀者走入臺灣特殊的地區風情、神祕組織陰謀冒險的刺激，還有世代隔閡沉寂多年的祕密等，如早前已出版的《沙瑪基的惡靈》（小琉球）《古茶布安的獵物》（古茶布安），皆是此類作品。

沙棠的《機關盒密碼：九龍遺城》則可說是臺灣版的《達文西密碼》（The Da Vinci Code），從超接地氣「當鋪秦老闆」接手琺瑯轉頸瓶的因緣牽引，由南投日月潭至無名部落的曲曲繞繞，洞窟、水潭再至有怪物的迷宮縱走、神祕組織幫派的奪寶殺機與百慕達海域沉船之謎，貫串了一個上天下地可歌可泣的愛情故事，相當有趣的作品！

——紀昭君（書評家／作家／《小說之神就是你》作者）

目次

【各界名家推薦】 003
引子 二十年前 008
第一章 二十年後 013
第二章 橫禍 019
第三章 拍賣品 026
第四章 秦叔之死 031
第五章 殺人犯 039
第六章 偵察 046
第七章 財庫 053
第八章 轉頸瓶之祕 059
第九章 美國商船 064
第十章 求解 072

第十一章　決心　079
第十二章　慈恩塔頂　091
第十三章　水底的女人　098
第十四章　不速之客　105
第十五章　獨眼權杖　114
第十六章　巡山隊的內幕　119
第十七章　無名部落　128
第十八章　靈廟　137
第十九章　協議　144
第二十章　短暫的休息　151
第二十一章　意外的贈禮　155
第二十二章　交換人質　165
第二十三章　死裡逃生　171

第二十四章　另一個日月潭　182
第二十五章　沉船　188
第二十六章　金背龍魚　198
第二十七章　造訪九龍城　202
第二十八章　受困（一）　210
第二十九章　受困（二）　215
第三十章　陵居驚現　219
第三十一章　脫逃　226
第三十二章　被奪走的寶藏　233
尾聲　239
【後記】　244

引子　二十年前

擰熄了菸，男人的手在一瞬好似失去了力氣，垂掛在身體兩側。

寬敞的沙發，連同男人滿腹心事一同陷落。周遭靜得可怕。早已空無人煙的大宅，此刻只餘他的呼吸，輕輕淺淺，不仔細聽，彷彿隨時都會斷絕。

人終會一死，男人暗暗嘆了口氣，放鬆的拳頭再度緊握，霍然起身，一步步走向大門。

臨去前，他回首再覷一眼，曾構築巨大美夢的宅院仍舊美麗，可惜如今他必須親手毀了它。

即使在黑夜裡，他還是可以清楚分辨時間正在推移。午夜零時剛過，秋季九月的夜晚在涼意中帶有一絲絲喘不過氣的悶熱。男人將領帶微微鬆開，這本不適宜他的衣飾，經年累月，卻像牆角一塊頑斑，再也刷洗不去。

但事情總有一個盡頭。

為了讓事情結束，他已經捨棄太多，先輩們一心加予後輩身上的念想，就這樣一代代承襲而來，而他看透了那些無知卻又狂妄的奢念，決意把事情扼死在他的計畫裡。

所有事情的盡頭，從今夜開始，都將跟從他的腳步，逐漸走向完結。

這不是一件簡單的事。實際上，他心裡是有些後悔的，尤其是與年幼的兒子分別時，他一度打算放棄。

然而轉念一想，當他老去，他的兒子勢必繼承他未完的命運，到時候他曾體驗過的痛苦都將同樣投射到他的兒子身上。

不，不能！

男人打定主意，搖擺的心意終於堅強如鐵。

他送走了他的兒子。

男人的手緊緊握著方向盤，直至掌心都沁出了汗，歷經一小時的車程，他抵達了目的地。

當他下車踏出這一步，再沒有誰比他更清楚，等待他的除了死亡，沒有其他。又或許人到絕望時，總會習慣性往好處想，可能即將柳暗花明，可能忽然發覺這不過一場夢。

男人緩緩走著，腳下破舊的柏油路很快換做山間的羊腸小徑，他一邊走，一邊重新抽了根菸。菸頭的火光在黑暗裡如此細微，隨即隱匿到山縫裡。

山縫裡的景致就像一條廢棄的礦道，寬度僅容許單人通過，四周岩石堆砌著，不時有倒逆的風從正面刮過來。

燃燒過後的煙灰被風吹散，星星點點落在地上，同山縫積累的塵埃，分辨不清。

不過男人沒有時間去感慨什麼，當他的菸尚未抽完，他已聽見從遠處反餽過來的聲響——那是人群錯落的腳步聲，高高低低，眼看就要與他接近！

就在這時候，男人開始拔腿狂奔，急促的步履在礦石地上擦出痕跡，沒過多久，他的腳步與身後一群人竟同時停止了。

「大哥……」

略顯沉重的口吻，從一名貌美的女人嘴裡吐出。

男人轉過身來，默唸眼前四名結義朋友的名字。他一笑：「來的真快。」

四人裡頭，一個長相粗獷、蓄滿濃鬍的漢子低吼道：「大哥，你當真要這麼做？」

未等男人回答，卻是旁邊身材細瘦的男子搶白：「何必問？人都站在這裡了，難不成只是來觀光一趟？」

「呵。」男人吐掉菸頭，神色自若，「老三，肯定也是你通知大夥來的吧。能察覺今晚的異常，我想只有你了。」

瘦老三沒有說話，臉上流露出一種近似於惋惜與不甘的複雜神色。

男人把目光移到最後一人身上，那是一名年輕斯文的青年，五人裡頭年紀最輕，可給人的氣質卻最成熟。

「老五，你不說些什麼嗎？」男人問。

青年目光直視過去，臉色鎮定的像是冰塊一般，緩緩說道：「沒有人可以改變您的決定。」

男人投以讚賞的眼色，但惹來女子哽咽的反駁：「你跟我回去吧！大哥，今天的事，就當沒發生過，咱們還是好好的……」

「──不可能。」

堅定地說完這三個字，男人倒退一步，讓自己的身軀更貼近身後的岩壁。他抬眸看了看天色，沉聲道：「你們都走吧！快走！」

瘦老三與濃鬚老二對視一眼，打算幾步衝上前將人押下，可剛跨出去，突然一聲槍響！男人從兜裡掏出手槍，一彈打在地上威嚇，與此同時，男人身旁產生了如雷雲匯聚般的嗶剝聲，那乾燥燒物聲在這寂靜的空間裡顯得特別突兀。

女人一看見周遭的變化立刻就慌了：「──別開火！」

看著她急到要哭出來，男人只是幽幽道：「我沒想拖上你們，都走吧。」

那濃鬚老二膽子大，還想往前走，青年連忙擋在前面，「二哥，我們回去吧，大哥不會聽我們的……」

就像不給他人考慮的機會，男人另手平舉，掌心正握著打火機，勾起的拇指，即將點火。

男人的表情慎重，宛若固守城池的悍將，隨時準備在當地犧牲，青年見狀趕忙將眾人往回帶，女人還想上前，也給他一手拉走。

噔！

指甲敲擊金屬打火機殼的聲音驟響，一簇火光在接觸到空氣的瞬間猛然變作火球，騰衝而上！四人都被火球燃燒的外圍氣流往外推，好不容易躲到通道的另一側，那火球悶燒的臨界，居然引發了一聲巨響！

天搖地動——

男人的懷錶從兜裡掉出來，頃刻間被烈火吞噬的真相，顯示著凌晨一點四十七分。

第一章　二十年後

一到年末，總有些行業意外地熱絡起來，其中，包括當鋪。

需要資金周轉的，準備年節豪賭、或者償還債款等等，越接近農歷年，當鋪的生意越火。「若水堂」從十月底開始就預備了大筆資金，足以應付接下來數月顧客需求。身為當鋪業龍頭，若水堂理所當然成了需求者第一首選。

滯留在臺灣三天的冷鋒終於過境，是這個城市真正感受到冬季降臨的證據。白棋——若水堂北部士林分店的老闆——在簡樸的辦公室裡，透過百葉窗凝看窗外已屆傍晚的街景。一天的這個時刻，總是充滿了歸巢的人群，車輛穿梭，直往霓紅的另一處擴散。

白棋收回目光，把室內的燈光調亮一階，他需要明亮一點，好把白晝的限期延長。

從離婚之後，他就回歸最初的生活步調，不再猶豫是否將工作延宕，好讓每一天的晚餐順利與妻子共聚。

他繼續沉浸在工作中，當了老闆，並未讓他放棄自己審核業務的責任，他一一比對今天帳面上的出入，正要瀏覽質當品的記錄時，有人輕輕敲了門。

白棋道：「請進。」

元鎬應聲入內，他替老闆泡了一杯咖啡。「老闆，有幾個工讀生問，能不能在店裡擺聖誕樹？」

白棋看著自己聘來的掌櫃，沉吟片刻，似乎在考慮意見。「現在的年輕人好像很喜歡聖誕節。」

店裡除了三位朝奉（估價員），還有兩個負責打點生意的掌櫃，元鎬是其中之一，從學徒做起，已經在若水堂待了五年。元鎬才二十歲出頭，這麼年輕就升任掌櫃，讓那些老朝奉們似是頗有微詞，不過白棋認為元鎬個性老實，做事負責，所以並未因此改變自己的決定。

元鎬聽了白棋的說法，微笑道：「老闆您也是年輕人的一員啊，您才二十八歲不是？」

「我才二十八嗎？」白棋故意反問，在心裡感嘆著，大概是十幾歲就開始工作，所以感覺人生被拉長了。「要擺就去擺吧，但不要擋到店門口跟櫃臺，你知道規矩，自己安排就行了。」

「瞭解！」元鎬淘氣地躬身，笑笑離開。

白棋返家時，在大樓門口看見一個挺眼熟的女子，原本不甚在意，走近幾步看仔細了，腳步不由得慢了下來，然後腦海浮現她的名字。

這名字有段時間沒喊過了。

梅聖琳。他的前妻。

他們兩人在前年離婚，而這段婚姻僅僅存活六個月。結婚前，他們交往了一個月，或許因為女方是長輩介紹撮合的關係，白棋並沒有任何異議，更何況梅聖琳著實是位美女，當時二十三歲，全身散發著青春的氣息，聽說曾拍過幾次平面模特兒，卻因為家長反對轉而從事簡單的文書工作。

看著前妻在自家廚房內擺弄宵夜，白棋的心思有些複雜，這女人提出離婚時，他雖然訝異，可沒有做那些無謂的挽留，就他的認知裡，感情的變化從來不是旁人可以掌控的。

他將愛情看得很淡。

不過看得雲淡風輕，並不表示他不在乎。

白棋自認已盡到一位丈夫的職責，他將最好的東西留給妻子，任妻子予取予求，甚至在離婚協議書上一刀兩斷，將黃金地段的房子讓渡給她。梅聖琳帶走了他過半的財產，以致於他現在居住的只是一間幾坪大的套房罷了。

雖然白棋的存款允許他能買下一座安身立命的宅子，但他覺得此時的自己並不需要。他的父母雙亡，也沒有其他兄弟姊妹，父親以前說祖上是從大陸逃難到臺灣的，所以在這塊土地上沒有其他同血緣的族人。

只剩下孤身一人的自己，再華麗的空房，也顯得有些多餘，更何況他從來不是貪戀物質享受的性格，否則他也不會甘願背上冤大頭的稱呼，將財產奉送給僅有半年姻緣的妻子。

梅聖琳端著幾碟小菜過來了。

白棋看著她臉上的微笑，依舊美麗得令人注目。一年餘不見，她的身材似乎豐腴一些，白棋認為這樣挺好，他總認為與梅聖琳同齡的女孩都太骨感了，就像只包著皮膚的骷髏。

「我帶了紅酒跟威士忌，你要喝哪種？」她問。

經過一整天上班的疲倦，白棋已經累了，若非梅聖琳蹲在家門口攔他，這時候他本該好好洗個澡就寢，針對明日的拍賣會養精蓄銳。

白棋正打算虛應一番，梅聖琳卻早已扭開紅酒的瓶塞，白棋看了不由輕笑一聲，好似從以前開始，這女人問問題就不打算徵求他的回答——就連離婚也是。

透明的高腳杯緩緩盛上紫紅色的酒液，白棋接過時，問了句：「妳怎麼曉得我住這裡？」

梅聖琳先是抿了一口酒，眨了眨眼，笑答：「這好像不是什麼機密？」

白棋也知道他的居所沒什麼好隱藏的，實際上，他要問的並不是這個，他想知道這深更半夜，孤男寡女共處一室，還有什麼其他的意義？

然而幾句閒聊下來，梅聖琳始終吞吞吐吐，就好像這次的到來，不過是她從一串通訊錄名單裡點兵而來的消遣。

白棋看時間晚了，本有意送她回去，但念在自己喝了酒，就改成叫車送客。

突然間，梅聖琳一手切斷電話，皺起眉頭看他。

白棋放下話筒，兩人之間沉默幾秒，他失笑道：「缺錢了？」剛脫口，白棋就有點後悔，這麼說未免太沒雅量，但剛才他不經思考就說了。

他把杯裡的紅酒一口乾掉。

梅聖琳一臉驚訝，「你覺得我是因為錢才來找你？」

「不然呢？」白棋一下子攤在沙發椅上，「我現在還有什麼是妳要的？」

梅聖琳的容顏隨即憤怒起來。她抿緊了嘴唇，如同每個賭氣的少女，不發一語，等著對方先投降認錯。

白棋的眼色果然又黯淡下去，「抱歉，我一時嘴快。大概是這幾天太忙。」

梅聖琳還是悶悶的不講話，白棋不想與她僵持，執起話筒撥號，梅聖琳搶先拿了包包離開，說：「我自己攔車。」

走到門口，她回頭問：「這段時間，你想我嗎？」

白棋聽了這問題，想回答，可等到梅聖琳走遠以後才發覺自己腦子裡什麼都沒有思考。反正她也不是真的要他答覆。

況且他的答覆就跟他的腦袋一樣一片空白。

桌面上三碟小菜，全是便利商店買來的調理包。

白棋記得梅聖琳這千金小姐打小就沒做過家務，遑論煮飯。白棋動手捻了一粒花生米，塞到嘴裡嚼。

能把微波爐加熱的東西搞成半生不熟，也算是一項本事。

翌日，白棋是驚醒的。

醒來的瞬間，白棋一度懷疑是自己的錶壞了！一點半？指的是下午還是凌晨？可窗外白晃晃的天色說明他居然足足昏睡到隔日下午！

以前無論多晚睡覺，他總可以在早上七點起床，更早以前，他習慣凌晨四點就起床，因為當時他只是一個當鋪學徒。現在他手下有一票人經營著店內事務，他也就讓自己偷個懶，無論如何，睡到翌日下午這種事還是頭一遭。

這情況太不對勁！而且他還是直接趴在沙發椅上睡著的。

白棋的目光接觸到桌面上的小菜與紅酒，思緒陷入片刻停頓，又猛然被手機鈴聲打斷。

電話那頭是元鎬焦急的聲音：「老闆？老闆您終於接電話啦！您在哪？秦先生派人過來接您了。」

第二章　橫禍

白棋趕到店裡時，還穿著昨夜發皺的襯衫。

元鎬就在前台，一看到白棋就立時迎上去：「老闆！」

「人呢？」

「我請他在ＶＩＰ室裡稍候。」

白棋頷首，併步往貴賓室去，一開門，就瞧見一個男的兩手交叉抱胸坐著，頭壓得很低，還戴了一頂鴨舌帽，整張臉幾乎被帽簷遮住。

不過露在帽子外的髮絲，能清楚看見是純白色的。

這人聽見開門聲，稍微抬起臉，與白棋對視，又很快低下頭，站起身來，用低沉的聲音說：「車子在後門。」

「不好意思！再等我一下，我換件衣服。」說完，白棋趕緊衝向辦公室。

若不是白棋前些天在若水堂本店那裡看過這位男子，如此一副遮掩的模樣，誰也不會相信會是本店雇用的員工，畢竟當鋪業忌諱毛手毛腳的員工，藏著掖著也不行，但白棋知道對方這麼隱藏自己也是有原因的——他沒親自問清楚，但他知道這男子應該是罹患了白化症。

聽過這種病徵的人都曉得，患者不僅全身毛髮都是白色的，連眼瞳也會因失去黑色素而呈現紅色，也正因為白化症的病人缺乏皮膚黑色素，容易被太陽光線灼傷，所以一般外出都儘量將全身的肌膚保護好，不然就是選擇晚間出門。

白棋在辦公室裡有幾件備用的西裝，他選了一套換上，領帶還來不及打，抽了就走，打算路上再用。

時間已來到下午兩點，離拍賣會預計開始的時間還有一小時，白棋本打算十分餘裕地出現在會場，順便與各方買主交流一番，可惜是不能如願了。

稍微從落地玻璃的反射上檢查自己襯衫上的衣領，白棋正要轉身，忽然眼角瞥見什麼，好似玻璃上有一抹黑影閃過，白棋愣了下，下意識回頭去看，可除了自己一張辦公桌外什麼也沒有，正覺得該是自己多心了，那從本店來接他的男子忽然闖了進來。

等不耐煩了？可這也太唐突了吧，好歹也得敲個門。

這是白棋頭一個想法。

不想那男子竟也沒理他，目光只在室內掃了一圈，最後落到白棋身上，又猛地走出去。

白棋一臉茫然，開門之後就瞧見那男子倚在牆邊等，帽簷依然壓得很低。男子見人到了，悶不吭聲直接領在前方帶路。

若水堂的創建人叫秦清裕，一般人都稱呼他作秦先生，或者秦老闆。白棋昔日拜了秦清裕為師，所以喊他師傅，後來白棋出師，秦清裕給了他一間鋪子打理，笑說白棋已經是老闆了，就讓他改口喊秦叔就是。

但白棋始終沒忘記秦清裕的恩義，以前他在自家當鋪學習皮毛，才兩年，就因為父親猝死，店面跟著倒閉，白棋找活計來到了若水堂，那時候若水堂不過是閭巷子內的小鋪子，但願意讓白棋預支薪水救急，足可窺見秦清裕的仁慈。

那年白棋才十三歲。

家境清貧而輟學的回憶一直讓白棋有些遺憾，所以看見元鎬年輕認真，便忍不住有一股疼惜的心情。

話說回來，此番一路直奔臺北市區內一處地下禮堂。

一年只舉辦三次的私人拍賣會，召集人乃國內第一大收藏家——據悉，拍賣會主辦者本人僅對外宣稱姓「朱」。

拍賣佳會，秦清裕身為連鎖當鋪老闆，有錢有閒，自然是座上賓，白棋跟著沾光，當作秦清裕的助手得以一齊進場。

拍賣會上，有許多不為人知的買主，即便大多是委任律師代理，但循線追查，不難打聽到買方是誰。當鋪這行業，主要收入雖說是利息，可真正能把當掉的物品贖回者不到半數，那些餘下的抵押品，各式各樣都有，不乏一些高價卻市場狹隘的古董。

白棋此行，就有這種開拓客源的打算。

轎車駛進鄰區沒多久，很快就堵在路上，按理說這時段不該塞車，聽廣播才曉得原來高架道出了車禍，車道只剩一線。

白棋的車剛好卡在中間，來不及迴轉，只好等著交警分批車流上高架橋。

司機戴著墨鏡，專心開車，白棋與那男子在後座。白棋悠悠打著領帶，一邊往隔壁瞥去，之前沒細看，這才發現對方五官細緻，應該只是個十八、九歲的青少年。

而對方似也從車窗倒影發現白棋的目光，頭又壓低了，悶聲道：「有事嗎？」

「沒有啊。」白棋尷尬一笑，盯著別人看確實不合乎禮儀，為了解決窘境，他打招呼道：「你很年輕啊，幾歲了？」

少年遲疑片刻，答道：「十九。」

白棋又問：「沒上課？」

話一脫口，怕是驚擾了個人隱私，白棋想到自己當初也是家庭因素沒去學校上課，他還想找個話題掩蓋過去，少年忽然挺起背脊，往前朝司機道：「我們被跟蹤了。」

車子剛剛走上高架橋，通過車禍現場，進入順暢的車程。

司機聽到少年所說的，便稍微往照後鏡瞄一眼，有些得意地說道：「紅色那輛。」

少年略一沉吟。白棋詫異了片刻，往後一瞥，果真有一輛紅色座車在同車道三部車外。

白棋感到莫名其妙，「跟蹤我們做什麼？」

「不是他們。」少年陡然出聲，忽然一手拽住司機右臂，這動作讓方向盤跟著一歪，整台車打滑挪到隔壁車道。

司機堪堪穩住車體，馬上暴吼：「做什麼！你找死啊！」

白棋也在一邊瞪大了眼。

少年指了指前方的銀灰色賓士，說：「是這台車。」

在少年說話之際，那台銀灰色賓士正加速往前。

司機見狀嗤笑一聲：「哪有跟蹤還走在前面的？」

「如果早知道路徑，跟在前面也不奇怪。」

少年的回應很平靜。

白棋雖然也一頭霧水，可看少年不像在開玩笑，無奈想問也不知從何問起。司機顯然沒將這工作才幾天的新員工放在眼裡，繼續開車，車速保持在規定的七十公里左右，等下橋的時候，忽然驚覺前方銀灰色賓士緩下了速度。

前面一緩，後面也跟著煞車。司機在減速的時候恰好抵達閘道出口，銀灰色賓士赫然搶黃燈疾駛出去，交通號誌由黃轉紅，白棋這車不得不停下，該由對面車道轉彎，沒想到就是這時候，斜面也該等紅燈待轉的車道突然衝出一台大貨車，筆直朝白棋這處撞來！

幾乎是看見貨車撲面而來的一瞬，白棋全身感覺到劇烈震動，愕然的狀況下，白棋雙眼不自覺閉上，隱約感覺有人抱著他往後撲。

磅——！

一聲噪響，震得白棋突然耳鳴了，腦海裡唯一的聲音就像是電梯過重時粗啞刺耳的提示音。回過神來，少年已攬著他的肩膀，護在他身前，一手正往後摸索著白棋背後的車門開關。

白棋呆愣得有些痴傻，因為他眼前所見：整台車子被撞得往後貼到柵欄，貨車車頭嵌進轎車內，只剩下自己這角落一小空間了。司機仰躺在駕駛座上，沒有動作，從白棋這角度看不清司機的情況。

「快出去！」

少年低喊著，讓白棋清醒了些。但白棋身後的車門只打開約略四十五度就卡住了。白棋渾渾噩噩地貓著身體，想從車門縫隙往外擠，這寬度對一個成年男性的體態來說無疑有些牽強，少年從後面把白棋的西裝外套扯掉，白棋才擦著身體逃出去，少年跟在後面，一出去，就拉著白棋狂奔。

每往前踏一步，白棋便能感覺胃部翻騰得厲害，直想嘔吐，也許是剛才的撞擊不知道撞傷哪裡。

等跑出現場幾公尺，白棋驚覺司機還在車子裡頭，想回去救人。少年卻扯住他的手腕，沉聲道：「他們的目標是你，我必須儘快帶你離開。」

明明是比自己還要纖細的少年，白棋卻覺著對方說話的氣勢能將自己壓下去。白棋有些厭惡這種感覺，不是被鄙視了，而是在一切看似突發的事件下，對方的一舉一動竟然說明這都是有跡可尋。

白棋又被動地隨著少年往外跑，無意間往後一看，遠遠瞄到一台銀灰色賓士正停在對角——就是先前這少年說在前面跟蹤的那部！

這台銀灰色賓士為何停在那裡？

仔細一想，剛才若不是這台賓士忽然搶黃燈開走，他們的車也不會排在車道頭一個，又給無顧交通號誌的大貨車迎面撞上。

事情是安排好的？

「你到底是誰？」白棋再度頓下腳步，逼得少年回頭。「這怎麼回事？你不說我就要報警了！」

少年看向白棋，那雙紅色的瞳孔在帽簷的陰影下閃現一點點赤色的光。

然而他還是沒有鬆開拉住白棋的手，他把自己脖子上的名牌拿下，塞到白棋手裡，還是那樣有些低沉的聲音：「自己看吧。」

白棋攤開掌心，手裡的名牌是若水堂員工每人都有的名牌。

這名牌上印著一張本人大頭照，職務是私人隨扈，旁邊註明員工姓名：李桐生。

第三章　拍賣品

白棋手中拿著少年的名牌，盯著看了半晌，覺得這還是沒有解決自己心裡的疑惑。

兩人轉過街角，後頭消防車和救護車的聲音已經靠近了。

時間來到下午兩點三刻，拍賣會早已入場，白棋心裡有些急，可不知怎地，眼前總有一種暈眩感，街道兩旁的景色有些模糊，像提著放大鏡在看，每走過一步，腳下就越來越飄。

「上車。」

耳邊聽見少年低沉的聲音，白棋看到路邊有人已打開車門等候。

到最後白棋也不知道是怎麼抵達拍賣會場的，或許是給那叫做李桐生的少年推入車內，又拖著進場。

※※※

白棋已很久沒做過這個夢。

有段時間，他甚至每晚都夢見同一個場景，當他清醒時，會有一種悵然的感覺，即便那不是一個惡夢。

夢境裡是一座宮殿。

殿上有五道柱子，分布五處，柱身盤有蟠龍雕刻，型態各異。

腳下是紅毯，頭頂是挑高的樑柱，整座宮殿沒有點燈，卻明亮如光耀。

白棋只站定往周遭觀望，身為當鋪工作者，這一景一物無疑透露出一股神祕古老的氣息，全是他所喜愛的，無奈就算每當夢醒，他總懊惱想著下次作夢要好好深入研究一番，但真正作夢的時候，他還是站在那兒，動也不動。

附近所有的景色就這樣在靜默間篆刻進他腦海，以致於夢醒時分，他會陷入短暫的回味，很快又隨著既定的工作行程而遺忘。

不過這次他終於挪動了腳步——

在這寬敞的宮殿內，這回他看到了先前沒有見過的東西。

那東西是方形的，約莫兩呎長，一呎半深，像個箱子，外面陰刻著許多如少數民族般才有的奇異圖騰，箱子漆成棕色的，又或許該說是黯淡的金黃色，八個尖角鍍有鎖片，發出金屬的光澤。

白棋瞧不出箱子的材質，也猜不出這箱子的用途，當他打算觸手其上，卻有人將他喚醒……

半張的視野內，秦清裕放下手中茶盞，正側過頭來看他。

而身旁一道老邁嘶啞的聲音道：「沒事，輕微腦震盪，過幾天就好完全了。」

白棋認得他，這人是秦清裕的左右手，年紀有六十幾了，但總是表現得很精神，秦清裕喚他老刀，白棋與他私下並無深交，只偶爾喊聲刀叔。

但每當他喊刀叔時，老刀都會笑道：「您是小老闆，跟老闆一樣叫我老刀就好。」

據說老刀是退伍老兵，做事一絲不苟，在若水堂本店是出了名的嚴格，雖說沒共事過，但這一點白棋能從老刀身上熨燙得整整齊齊的襯衫上得知所言非虛。

這裡是拍賣會設置的招待室，隱密包廂，全然聽不見外面會場的人聲。

秦清裕年過半百，臉上掛著和藹的笑意，魚尾紋特別深。

白棋默然坐起身來。

李桐生遠遠在一邊坐著，到了室內，他帽子還是沒有脫掉，整個人陰沉沉地，垂下的眼眸也不知道在看什麼。

「老刀。」秦清裕狐疑了，「怎麼人還在恍神？」

老刀單膝跪在席前，還想去探白棋的額頭。

白棋知道自己驀然神遊，趕緊把老刀攙起來，「我不要緊，刀叔，謝謝了。」又回過頭來朝秦清裕打招呼：「秦叔，對不起，我遲到了。」

「我知道，這才讓桐生過去接你。」

白棋覺得秦清裕話中彆扭，還沒想明白，就見秦清裕衝他搖搖手，將人叫到桌邊坐下。白棋一坐下，就看到桌上一只古董瓶子用紙盒包裝，有黃絨布鋪著，瓶身束頸鼓腹，頸側垂帶兩耳，瓶面繪有山水，粉彩藍料釉，色澤鮮豔。

乍看之下，確實有上乘古董的味道，不過白棋從未先入為主去鑑定一件物品，何況世界上贗品那麼多，他在當學徒的時候吃過不少虧，算是老經驗了。

秦清裕見白棋目光注視著桌上的古董，順勢道：「琺瑯轉頸瓶，乾隆時候的。」

「這就是您今天標下的？」

秦清裕點了點頭。

白棋感到詫異，腦子裡想起二〇一一年那時候在倫敦的班布里奇拍賣會，有一件清乾隆粉彩鏤空瓷瓶拍出了五千多萬英鎊的天價，折合臺幣大概有二十七億，雖然後來有消息說那場拍賣會淪為商人炫富的手段，不過價格就擺在那兒，差不多類型的肯定也不會差到哪邊去。

「若是真的，起碼有上億……」

「一億兩千萬。」秦清裕道：「終歸是私人拍賣會，價格比外面的低了很多。」

聽了秦清裕的說法，白棋心裡仍不釋懷，從千禧年過後，琺瑯器的價格的確有逐年攀升的趨勢，升值潛力亦被收藏家看好，不過一切前提是要在「真品」的狀況下。

清代的琺瑯器工藝盛大，宮中甚至設有造辦處，其中又以乾隆時期所出的作品為最佳。換言之，鑑定該物是否真有歷史背景，唯一可尋的就是從遺留至今的清代內務府文獻中去查。

若有匹配的記錄，再進一步觀察該物的落款，造型，花紋，釉料色彩。

話雖如此，但幾百年前的文史資料是否真能保存至今，還是最大的疑問，於是琺瑯器的鑑定靠的全憑經驗與眼力。

秦清裕可能從白棋的目光裡瞧出什麼端倪，或許，他不難猜測到這由自己一手栽培起來的孩子此刻正思考到什麼，於是他拍拍白棋的肩，說：「甭瞎想了，這東西就是個假貨。」

第四章　秦叔之死

假貨還值一億兩千萬？

白棋哭笑不得地想。

看秦清裕如此淡定，莫非那付出去的鈔票也是仿的？

即便鋪子裡經手過更高額的貨款，白棋對金錢的看法依舊維持在保守的態度。

秦清裕呵呵一笑，「你帶沒帶那玩意兒？自己看看。」

先前白棋也曾鑑定過一件珐瑯瓷，是一名收藏家從大陸北京的工作坊中高價購得，託他鑑賞該物的價值。

製作珐瑯器的程序極為繁複，很顯然，這項工藝有漸趨亡軼的狀態，這可歸因於當代年輕人不願去承襲這份傳統技術，又或者能真正駕馭這項技術的學子十分罕見，無論如何，隨著時代變遷，珐瑯器在出產益發稀少的狀況下，就算並非古物，其升值的情形仍可預見。

一聽可以再度窺探珐瑯器的樣貌，白棋有些躍躍欲試，他下意識摸向自己的左胸口，那口袋中放有他賴以維生的工具，然而他卻摸空了，這才赫然想起，不久前一場車禍，李桐生催他逃生時，將他的西裝外套拽了下去，他的東西也沒帶走。

幾秒的默然，卻見李桐生緩步上前，將東西擱在桌上，又悶不吭聲地退開。

桌上擺著的是一雙白布手套與一枚高倍率放大鏡。

放大鏡成黑色圓柱狀，整體約莫只有兩個指節大小，可拿捏在掌心內，柱身設有可調節放大倍率的輪盤，能依據狀況調節增放功率。

以前的年代可沒這種便利的科技產物，全賴肉眼累積的經驗，或用普通放大鏡照照，於是秦清裕老愛戲稱這高倍放大鏡是白棋的「那玩意兒」。

不過對白棋而言，如今這是鑑定最基本的工具了，而他之所以隨身攜帶白布手套，主要是怕手部的油脂沾染上鑑定物品引起不必要的爭議、所做的一種防範。

看到這兩樣東西，白棋知道這必然是李桐生特意留下的，不免對這少年多了一份好感。

白棋戴上白布手套，方小心翼翼將那琺瑯轉頸瓶拿起，他先轉動一圈，觀賞整體的造型，靜默觀察片刻，才執起高倍放大鏡端詳其中花紋。

基本鑑定的過程在五分鐘之內可以有個結論，若是遇到特別的東西，才需要依靠其他科學儀器的幫助。

在此期間，秦清裕喝起那杯早已涼去的茶，眼色多了一分難以窺見的深沉，保持在臉上彎起的嘴角平緩了，又不知不覺恢復原狀，笑問白棋：「怎麼樣？」

「做工不錯……」白棋的右眼抵著高倍放大鏡，將托在左手的琺瑯轉頸瓶旋了一個角度，接著語氣有些遲疑：「有修補過的痕跡。」

秦清裕沒有多說。從前他手把手教導白棋鑑定時，若是沒有說話，顯然是在等白棋繼續講下去。

師徒之間這種模式持續了十餘年，白棋也曉得，然而他此刻一心記著之前秦清裕說這是假貨，他便想找出贗品的痕跡佐證。

可惜在這五分鐘內，他可以明確分辨出該物遭人修復，卻不能證明這是假的。

在故宮展示的文物極大多數都有修復士還原過，這不代表那文物就是偽造。

就在白棋打算提出一些假設性的見解，外面敲門的聲音頓時響起。

秦清裕使了眼色讓老刀應門。

來者是拍賣會場的工作人員，畢恭畢敬地呈上一張請柬，躬了一身，很快離開。

請柬從老刀手上遞給了秦清裕，後者瞧了一眼封面，也沒打開，就這麼放在桌上。

白棋無意間瞥見一眼，只見那封套上印著一串英文，後有寄件人縮寫「L」與「B」。

白棋因早期輟學，所以對英文閱讀沒有概念，這些年只識得幾個簡單的單詞，懂得英文字母的發音，但字母連在一起就彷彿是陰陽兩隔、不是同個世界了。

而秦清裕似乎對這突如其來的請柬沒有興趣，轉過頭來，突然對白棋道：「孩子，這幾年，秦叔把能教的都教給你了。」

白棋一聽，突地有些愣然，怎一下跳到這話題？難道是自己瞧不出這琺瑯轉頸瓶的玄機，身為師傅在感慨了？

「老刀跟了我很久，他是可以信任的人。」秦清裕沒多解釋，繼續道：「還有桐生，雖然年輕，但本事不錯，我讓他以後護著你。」

白棋的目光默默從老刀跟李桐生身上掃過。

老刀站得筆挺，頷首回應白棋的注視，可李桐生卻像在閉目養神，依舊兩手交叉在胸前，雕像一般坐著。

「我已經把士林那間鋪子劃到你名下，你這傻孩子，這次可別再給女人騙走了。」

「秦叔？」

秦清裕的口吻有些調侃，但聽在白棋耳裡，更多的是嘆息。

白棋顯得惶恐又疑惑，乾笑著想問，但秦清裕一下站起，用手指點幾下桌上那封請柬，道：「秦叔還有約會，你先回去吧。」

※※※

當晚，白棋在床上翻來覆去，很久都沒睡著。

客廳還留著昨夜梅聖琳帶來的酒與小菜，白棋懶得整理，沖了個澡，往床上一趴，時間就到了現在。

離開拍賣會時，老刀還吩咐手下帶他去醫院檢查，確定腦震盪無礙才將人撤走。

他後來又到店面去巡視一遍，元鎬待在獨立辦公間內結算一日帳目，工讀生在灑掃，估價員各做各的，一切看來井然有序。

但白棋心中老覺著哪裡不對勁。

一份不踏實的感覺。彷彿有個隱形的假甲，正有一搭沒一搭地撩著他的心。

早先那份對琺瑯轉頸瓶的印象還深留在腦海，為什麼秦叔會說那是假貨呢？

轉頸瓶是一種特別的藝術品，在它凹曲的頸部可以平行旋轉，隨著轉動的過程，上下的圖案互相嵌合，能呈現各種不同風貌；又分內胎與外胎，旋轉頸部時，內胎的紋路會在外胎鏤空的花紋下顯現，這作工極具巧思，在皇宮內，王族喜愛將轉頸瓶的圖案搭配時節裝飾居所。

白棋想了想，那時他應該試試去轉瓶身才對，也許能發現什麼。

漫生的思緒又轉到李桐生身上，這十九歲的少年，竟是秦叔找來保護他的？

白棋覺得有點可笑。他既不是政治人物，也不是什麼權貴，哪裡需要有人保護自己？而且他是再幾年就要奔三的成年男性了，靠一名少年保護，怎麼看……好像也說不過去。

一直到被人搖醒，白棋才發覺自己睡過去了，他睜開眼，意識還有些迷濛，一看到眼前人，立刻皺起眉頭：「……李桐生？」

李桐生就在自己床前，見人醒了，面無表情低聲道：「快跟我走。」

「走？……哪裡？」白棋一下清醒過來，想這狀況好像有點不對，忙揚聲道：「你──你怎麼進來的？」不是誇口，隨手鎖門可是他獨居養成的好習慣啊。

李桐生還是那樣處變不驚的神情，但口氣已有些急了：「晚點再解釋！」說著，硬把白棋從床上拽起來。

白棋感覺這少年竟然力氣頗大，踉踉蹌蹌下了床，還沒站穩，整個人就給他「拖」到門口。這狀況叫白棋不免有些惱怒：「這是做什麼？出門？我身上還穿著睡衣！」

李桐生已經把大門打開一個縫，側回頭來瞧白棋一眼，一本正經道：「沒差。」

「……」白棋傻了，心道睡衣沒穿在你身上你當然沒差！還想順手溜過掛在壁鉤上的外衣，人已經被李桐生帶出門外。

喀擦一聲，大門內部自己鎖上了。

白棋想鑰匙都還在桌上呢，等會兒要怎麼回去？

兩人一到電梯前，還沒按鈕，樓層號誌正從一樓開始緩緩往上攀升。李桐生見了又將他帶到樓層轉角的逃生梯內。

白棋愕然道：「這裡十二樓啊！」雖是下樓，走起來也夠累。一想，自己的焦點不對，忙道：「我這樣出去肯定被當作變態！」

「噓——」李桐生像趕小狗般噓了一聲，拉著白棋下樓，才走過一層，就彎到該層的一間房裡。

進屋後，白棋幾秒後才察覺這間房好像就在自己的房間樓下……

這肯定不是巧合！

李桐生已經鬆開拉住他的手，自顧自在客廳就坐。

真皮沙發前，一面極大的螢幕播放著切割成四塊的影像。

白棋湊近一看，覺著這螢幕內的房間擺設怎那麼熟悉？幾秒後立刻醒悟過來，驚訝道：「這不是我房間嗎！」

李桐生悶不作聲，上下掃了白棋一眼。

那眼神對白棋而言，莫名覺得好像在說「老子早就把你看光了，穿睡衣也沒啥大不了」。

這社會還有誠信沒有？

白棋欲哭無淚，他看到自己的浴室也在螢幕裡頭，唯一慶幸的是那鏡頭對著屁股，而不是安在便斗裡。

「繼續睡吧。」李桐生冒出話來，「他們不會那麼早走。」

白棋心忖，此刻還能睡著的不是神經太大條，肯定就是豬了。

這時，白棋看見螢幕裡竄出三名穿西裝戴墨鏡的男子闖到他房裡去。

「房仲還說這是德國最高級的鎖！」白棋抱怨著，陌生人到他房裡根本是如入無人之境。

李桐生沒理他，只盯著螢幕看。

白棋有太多問題想說，先選了一個：「是秦叔讓你監視我的？」

「嗯。」

這時候白棋腦海裡浮現很多想法，背叛，懷疑，設局？他向來就是個謹慎的人，但難免想太多。

白棋失笑道：「為什麼？」

過了幾秒，李桐生才說：「這讓我能夠有效率保證你的安全。」

又是「安全」！

白棋搞不明白他活了快三十個年頭，怎麼突然就危險了？

幾秒內，白棋看見那三名西裝男早已把他的房間翻透，似是在找什麼。同時，大樓窗外傳來警笛聲，那三人互相打著暗號，馬上退了出去。

附近有警笛聲也不算什麼，白棋本以為是巡邏車，直到聲音越來越接近，而且在樓下停住，那警車紅白相間的光線也一直在窗前閃動。

「怎麼回事？」白棋聲音有些顫抖。

李桐生就坐在沙發上，看著空無一人的房間螢幕。戴在頭上的鴨舌帽，完全遮掩了他的表情。

白棋氣惱地說：「算了，我要走了，我要報警，入室搶劫！」

剛走到門後，便聽到那道低沉的嗓音說：「老闆死了。」

「……」白棋登時啞然，看向李桐生。

只見李桐生略顯蒼白的嘴唇一張一合：「你的秦叔，死了。」

第五章　殺人犯

從十三歲開始，到現在將近要十五個年頭，白棋幾乎是在秦清裕的庇蔭下成長。

當時拜師學藝是一件相當嚴謹的事，白棋家逢巨變，遇上秦清裕伸出援手，這位年老無子的長輩在他眼中，無疑是他另一位父親。

白棋甚至早已認定這份脫出普通師徒的情誼，與親子無異。親情，這份蒙昧而短暫的情感，在白棋十三歲的時候重燃，並發誓著自己將來如論如何也要加倍報答。

乍聽李桐生所言，白棋還陷入一種空洞、恍惚的情緒。

他顫抖著走到李桐生身旁，垂眼看向那面色寡淡的少年，只覺得自己聽錯了。

李桐生定定坐在那兒，帽子的陰影恍若一塊巨石，將這本該澎湃的青春年齡壓榨了。

白棋無法想像李桐生的鎮定，況且他還記得，那天他在秦清裕身旁看見這白髮少年，他彷彿瞧見年輕的自己，待在秦清裕身旁學習的模樣。

年少，孤獨，又隱隱含有一種不願隨波逐流的傲氣。白棋一度將李桐生看作自己的影子，卻又像是不願揭開自己的瘡疤，特意不去討論關於李桐生出現在秦清裕身旁的問題。

但現在白棋整個腦子都在責備李桐生的鎮定！

「你知道你在說什麼嗎？」白棋聲音的顫抖不能抑止，那是因逼問而高揚的聲調：「今天可不是你們年輕人的愚人節……」

說來好笑，愚人節的把戲，他在店裡那些打工的學生們中可「見識」過幾次，他只當是晚輩們無傷大雅的玩笑。

李桐生對白棋的憤怒置若罔聞，低聲道：「老闆死了，就在拍賣會的招待室內，遭人刺殺身亡，警方懷疑你是兇手，因為你是最後一個和老闆見面的人。」

白棋瞪大了眼，「下午我離開拍賣會的時候，秦叔明明還好好的——」

「是剛才。」李桐生說：「十分鐘前，我接到老刀的通知，才上去帶你離開。」

一聽，白棋簡直要大笑起來，「剛才我一直都在房裡，你不是看得清清楚楚？」又指著桌上的監視螢幕，「都錄下了吧！這就是我的不在場證明！我……我要報警，我不是犯人，我要讓警察去抓真正的兇手……」

白棋哆嗦著往外走，此刻他的腦海裡幾乎一片空白，他不敢想像所謂的刺殺致死到底是什麼場面。

「是拍賣會的監視畫面拍到你，十五分鐘前，你進入招待室。」

白棋腳步一頓，哼笑道：「不可能！」

「為什麼不可能？」李桐生冷冷道。

那冷淡的口吻讓白棋感到異常煩躁。

白棋正在旋開門把時，身後突然探出一隻手，猛地把門壓住。

是李桐生。

他的腳步輕得像貓，白棋完全沒有察覺有人靠近。

白棋愣了下，難得用嚴厲的語氣說道：「閃開！」

「你還不懂嗎？」李桐生壓著門板的手沒有鬆懈，「拍賣會的影片是偽造的，但警方依舊派人逮捕你，這表示什麼？小老闆，你簡直單純的跟白紙一樣。」

「你！」白棋聽見，驟然發怒了，他一手拽過李桐生的手腕，就想反過身來揪住李桐生的衣領。

沒想到衣領沒抓到，眼前的少年居然閃了過去，眨眼間反過來擰住他的手腕，像警察制伏小偷似的，將他手臂反折，整個人推到牆壁上！

臉頰傳來輕微撞擊的疼痛。

白棋的側臉貼在冰冷的牆面，身體掙扎著，被反轉的手腕竟被身後的人牢牢扣住，不能逃脫。

「老闆讓我保證你的安全。」低沉的聲音近在耳畔，「你要是自作聰明，我只好將你綁了。」

「該死的小鬼頭！」白棋咬牙低吼，全身劇烈顫動著，「他媽的我不需要你的保護！」

認識白棋的人都知道，他幾乎不曾說過粗話，周圍的人似乎從來也沒見他生氣過。白棋對人一向客氣而謙恭，而這不算太過份的穢語，已是白棋表達憤怒的最高級。

在白棋掙扎的過程中，不知是動作太大，還是李桐生靠得太近，那頂鴨舌帽被白棋打掉了。

李桐生一頭純白的髮絲在日光燈下清晰呈現。

方才，白棋怒吼的聲音，餘下室內空曠的沉寂。

李桐生沒有再回嘴，一改方才類似挑釁的態度，慢慢鬆開牽制白棋的手。

白棋狠狠地轉過身來，還想對這少年「思想教育」一番，沒想到一看見李桐生的臉，所有怒氣騰騰的話倒是卡在了喉嚨裡。

那是怎麼樣的膚色？

蒼白的？病態的？抑或是……悽慘的？

近乎透明的皮膚下，甚至可以看見血絡的紋路，淡青色血管從白髮遮掩不住的空隙爬在臉上。

那一雙閃著紅色光芒的瞳孔在接觸到白棋驟變的目光後立刻垂下了。

李桐生動手拾起帽子，重新戴好，壓低了，轉身回座。

白棋就愣在一邊，先前的憤怒，漸漸轉變成一種詭異的情緒——

是同情嗎？

如何形容，就連他自己也說不上來。

「如果你真的不願意，那就走吧。」李桐生坐在沙發上，如此說道。

白棋忽然覺得怎麼事情反而變他錯了？

「搞、搞什麼東西！我……」

「不過你放心吧，雖然過程繁複了點，我還是會去救你。」李桐生壓了壓不能再遮掩更多的帽子，聲音淡得像在自言自語：「反正我活著，就是為了不讓你死的。」

白棋覺得太莫名其妙，整件事，包括前一分鐘、李桐生那近似夢囈的話。

但畢竟打小過得艱苦，白棋體會到慌張對任何事情毫無幫助，便也很快冷靜下來，坐下時，他兩肘抵在腿上，頭低垂著，和所有消沉的男人一樣，背脊在靜默裡難得的彎曲。

李桐生對著監視螢幕，不久前抵達現場的警察跟著大樓管理員上來，破門而入後沒發現人，便留下兩名員警待命，其餘人繼續搜索。

秦叔死了，而自己被當作殺人犯，這件事太詭譎了，直到現在白棋仍不敢相信。

他嘆了一口氣，悶悶地開口：「你也不會讓我打電話問刀叔吧？」

「電話有訊號定位，想聯絡，晚點再說。」

「這怎麼回事？事情怎麼會這樣？為什麼？」

「他們要的是那個瓶子。」

「什麼？」白棋一愣。

李桐生續道：「老闆在拍賣會標下的東西。」

白棋詫異道：「那個清朝的琺瑯瓶？」

李桐生點頭。

「就為了一件古董？謀財害命？」白棋幾乎要跳起來，咬著牙道：「我店裡還有更貴的，他們怎麼不來殺我！」

「那不是普通的古董。」李桐生道：「那裡面有老闆拚死也要保護的祕密。」

突然間，白棋發現這事情亂得自己都不知從何整理起。

「祕密？有什麼祕密抵得上一條寶貴的人命？」

「倘若老闆先前沒有告訴你，必然有所原因。」

「你知道？」

李桐生淡定地回答：「我不清楚。」

白棋又撲了過去，吼道：「知道什麼就告訴我啊！看我像個白癡一樣穿個睡衣躲在別人房裡很好玩嗎？」

「我不清楚！」李桐生撇開白棋，沉聲道：「想知道什麼就自己去找吧。」說完，指著一旁未拆封的盒子。

白棋順著方向過去，把盒子上面的塑膠密封套撕開，打開盒蓋後，一件琺瑯轉頸瓶就在其中！

「這——」與秦清裕得標的古董一模一樣的琺瑯轉頸瓶出現在眼前，白棋質問道：「東西怎麼在你這裡？」

「東西一直都在我這裡，老闆說了，你下午看見的那個是假的。」

白棋盯著這轉頸瓶，突然不知該如何反應，張嘴欲言。

李桐生陡然喊了一聲「慢」，擺手示意噤聲。他用氣音道：「安靜，有人來了。」

第六章　偵察

張寅是市立刑警大隊的分隊長，獲悉民眾報案，他第一時間衝到現場去，礙於被害人是連鎖當鋪企業的負責人，也是當鋪企業公會的理事長，張寅沒有把秦清裕的死訊對外發佈，而是趁事態還能掌握，搶先著手調查。

現場已拉起封鎖線。

拍賣會一干人等全集中在大廳裡，案發地點在地下一樓的會員招待室。

秦清裕遭人割喉致死，俯臥在地，法醫勘驗案發時間不超過一小時，張寅搶先調來附近監視畫面，確定了第一嫌疑人——白棋。

被害人身亡的前一小時，只有白棋與被害人接觸過。

認出白棋的是拍賣會的櫃臺人員。當日下午，因為白棋是被人背負入內的，所以印象特別深刻，其後由秦清裕的助手老刀將人迎入招待室內。

證人指認期間，老刀始終緘默不語，在沒人注意到的角落，他探手從外套內取出一條手帕，佯裝拭淚，趁機在手帕包覆內的手機按下一串號碼，將簡短的代號訊息傳送出去。那便是通知李桐生有緊急狀況出現了。

張寅與現場同僚交代了後續工作，回過頭來，老刀已把手帕塞回原處。張寅略一沉吟，詢問老刀關於白棋的下落，老刀交代完畢，張寅便領頭衝往白棋居所逮人。

與大樓管理員一起抵達白棋的房間時，不僅人去樓空，現場還顯得過份凌亂。

張寅看見白棋的錢包與鑰匙等等貴重物品仍擺放在室內，猜測白棋該是匆匆離開，便立刻喚人把大樓包圍，開始搜查。

同時，調來大樓監視畫面，想確定白棋的行蹤，然而弔詭的是，所有儲存數位監控影像內容的電腦硬碟居然燒壞了──張寅恨恨地捶了一下桌面，把大樓管理員嚇了一跳。

「不會是你搞的吧！」張寅眼神斜斜瞟了過去。

管理員是個中年男子，連忙舉起雙手傻笑：「怎麼可能，我連電腦都不太會用哩……」

張寅一臉凝重，審度周遭形勢。

大樓大門已有人員把守，逃生梯連接的後門也搜過了，除此以外，沒有其他出口，那麼白棋肯定還在這棟樓裡。

「這裡總共有多少戶？」

聽見突如其來的詢問，管理員想了一下，道：「一層四戶，共有二十三層，撇除一樓沒房間……八十八戶人家吧。」

張寅立刻分派人手，挨家挨戶去找尋白棋的下落。

此刻已是半夜，即便拿著刑警證件敲門，難免讓住戶萌生不悅，但張寅沒有真的進到屋內搜查，只在住戶應門時簡單講幾句防範偷盜的場面話。管理員在一邊尷尬陪笑，也不知這警察搞哪齣。

這狀況一直到第十八層。

第十八層的第三戶在叩門以後沒有任何人出來應門，張寅側耳傾聽，房內的確聽不到任何聲音。

「這層的電表在哪裡？」張寅問。

管理員帶張寅到電梯旁邊，那裡牆面就安著電表鐵箱。

張寅看了看這層住戶的電表都有在轉動，就獨獨其中一戶沒人出來應門。

屋內的人怎麼不出現？

「可能有事忙著。」管理員嘀咕道：「本來三更半夜就有很多事情不好意思嘛。」

張寅沒理他，很不耐煩地又把大門敲得震天響，終於對管理員吩咐一句：「把門打開！」

管理員先是一愣，遲疑地把腰上掛的一串鑰匙拿下來，邊找房間號碼，邊埋怨著：「這要被住戶客訴，我可就丟飯碗啦，我找誰負責去？」

「緊張什麼！」張寅低罵一聲，「執行公務你懂不懂？真要被炒魷魚，找消保會陳情去。」

「關消保會啥事？」

管理員的嘴角都笑僵了，手中的鑰匙串叮噹響，拿也拿不穩。

張寅直接搶了過去，看準房屋編號，正要開門時，忽然旁邊一聲驚呼：「你們誰啊？在我家門口做什麼？」

一個體格挺壯，穿著休閒裝扮、身後拖個大行李箱的年輕人幾步跨到張寅面前。跟隨年輕人的有一名看守大樓門口的員警，對方說是該樓住戶，就順勢跟了上來。見那員警喊張寅隊長，年輕人疑惑道：「你也是警察？警察堵在我家門口幹嘛，我可沒做什麼違法的事。」

張寅瞧著他，忽道：「有住戶舉報你家的電視聲音太大聲，我敲門後沒有人應答，怕是裡頭的人有意外。」

年輕人聞言一笑，「不是我啦，那肯定是隔壁的，我去加拿大剛剛才回來，房裡沒人啊。」

「但是有人用電。」張寅觀察著年輕人的反應，「不會是有小偷吧，我幫你看看？」

「應該是我魚缸的淨水設備，我養了魚，周邊挺耗電的呢。」年輕人又微微皺了眉頭，「不過我長期不在家，可能真被闖空門了，警察先生，你幫我看看也好。」

說完，年輕人掏出鑰匙，轉身進屋時，拖拿的大行李箱撞到門框，整個行李箱猛地綳開，裡面一堆衣服跟禮品全都散落一地，完全把門口通道堵住。

年輕人見狀急忙蹲下把東西塞到行李箱裡，沒好氣地抱怨：「煩哎！這要我怎麼收？果然便宜沒好貨啊，要不是看在專櫃小姐的份上……吼！巧克力居然都融了？有沒有搞錯……」

聽著年輕人嘰哩咕嚕念一長串，張寅的臉都青了，他腳下全是行李箱的東西，不由往後一步。等待途中，張寅已等不及探頭往屋內張望，只隱隱窺見客廳一角，其餘的都沒看清。

年輕人收拾得慢吞吞的，張寅挺不耐煩，打算直接衝進去看個究竟，這時候電梯門「叮」的一聲打開，跑來另一名員警，喘吁吁道：「隊長！白姓嫌犯的車子從地下停車場開出去了！」

張寅一驚：「追上沒有？」

「正在追！開得很快。」

忽然，員警身上配戴的無線電通訊器發出聲音：「目標往桃園方向。」

張寅聽了，直覺認定白棋要往桃園機場潛逃出境，隨即命令道：「在閘道出口加派人手把人攔下來，還有，通知機場警備。」

員警領命退下，張寅剛回過身，年輕人就撿起一包零食遞過去，笑道：「警察先生半夜還值勤真辛苦，這給你們當宵夜！加拿大特產——」

「不必了，多謝。」

張寅冷淡地拒絕了，又往房內瞥一眼，聽見遠方員警配戴的無線電一直有斷斷續續的報告，忽地沒啥耐性，直接掉頭走了。

管理員一頭霧水，忙道：「沒、沒我事啦？」

張寅擺擺手，頭也不回，隨一輛警車往桃園方向追。

經過半小時的追逐，白棋座車被強制擋在士林往桃園下交流道四十公尺處，座車與警車發生些微擦撞，警方荷槍實彈上去逮人，終於把駕駛拉出車門。

尾隨其後的張寅一直聽著無線電的報告，眼看距離該地不到兩分鐘的路程，忽聽無線電內略顯窘迫的聲音：「駕駛人不是白棋，重複，不是嫌犯本人。」

張寅立刻拽起身旁員警的無線電怒吼：「那是哪個王八蛋？」無線電的通訊發出一波噪音，後來才知道駕駛白棋座車的人是一名偷車賊，有幾次竊盜前科，剛出看守所，看到這車子的鑰匙好端端插在車門上，便又忍不住「手癢」。

事情發展到現在不到一小時，張寅突地感覺自己給人設計了，他腦海莫名浮現方才笑盈盈的一張臉，馬上讓車掉頭，返回白棋居住的大樓。

回去的時候，員警也撤得七七八八，管理員回到一樓警備室接著看他的深夜檔肥皀劇，看到張寅又來，暗暗在心裡罵了幾句。

張寅沉聲道：「跟我上去，剛才十八樓那間！」

管理員唉了一聲，「剛剛那位先生已經又出門了，沒人在啦，還吩咐我幫忙看著，別給你們警察添麻煩。」

「出去了？」張寅微愣，「不是剛回來嗎？」

「事業大唄，我哪管那些。」管理員忽道：「對了，那位先生托我送這東西給您。」說著，拿出一包零食。

張寅接過一看，不就是先前那包嗎！

加拿大特產的楓糖餅乾，還是經濟包的包裝，上面全是外文。

正覺得事有蹊蹺，張寅無意間翻到零食背後一看，有貼著一張楓糖餅乾的成分表，翻譯成中文。
看到這張表，張寅猛地暴粗口：「去你的！」
上面標示產地：臺灣。

第七章　財庫

「哇嗚，好甜！」

咬了一口楓糖餅乾，年輕人笑得很得意。

黑色休旅車疾馳而過，大半夜的國道沒有幾輛車，只偶爾路過幾台南下的砂石車，夾雜著巨大噪音經過。

車內，有一名年輕人駕駛，而白棋與李桐生在後座分坐左右。

這段車程經過快要一小時，白棋終於按捺不住，俯身往前道：「那個……先生？」

「肚子餓了？拿去吃吧，別客氣。」年輕人朝副駕駛座上擺放的一堆零食挪挪下巴。

「呃，不是……」

李桐生自從上車後就雙手環胸，開始閉目養神，白棋本覺得自己跟李桐生不太熟識，可如今又蹦了一個陌生人出來，才發覺自己竟不由得有些靠在了李桐生這方。不過一看李桐生從容不迫的模樣，白棋卻更發愁。

不久前，李桐生察覺門外有人接近，兩人便各自躲起來。張寅與管理員的對話，他們在屋內聽得十分清楚，以及後來冒出來的一名「歸國男子」……這幾分鐘裡，白棋腦子亂七八糟地想著，難道李桐生也是躲在別人家？要是給人發現行蹤該怎麼辦？

當大門打開時，白棋還嚇得屏住呼吸。

沒想到後來刑警離開了，那自稱是屋主的男子一關上門，白棋就聽見李桐生悶沉沉的嗓音：「誰──」

白棋從沙發後探出頭，即見李桐生反手握著一柄短刀，擱在男子的脖子上。

意外地，男子並不害怕，斜眼瞥著從左側竄出的李桐生，笑嘻嘻道：「老刀讓我來帶你們過去。同學，快把武器放下，很危險吶。」

李桐生又冷冷發話：「證據？」

男子臉上仍舊一抹笑意，輕聲說：「我從財庫來的。」

白棋試圖遺忘自己被人像名產一樣塞到行李箱裡。上車後，他草草替換掉身上的睡衣，知道對方是老刀派來的，白棋稍微放下心來，可他心裡其實有一堆問號憋得難受死了，終於到現在發作。

從後照鏡瞧見白棋一臉窘樣，男子笑道：「有話就說啊，我又不會吃了你。」又呵呵一笑：「至少也不會把刀架在你脖子上。」

明擺著暗諷李桐生，卻是白棋忙打圓場：「他沒惡意的，你別介意，他，呃……都是誤會！」

男子看白棋「皇帝不急、急死太監」的向他解釋，不由覺得好笑，「我就隨便說說，你還當真啦，太認真不好喔，會禿頭。」

白棋跟著乾笑幾聲，心道那是什麼邏輯？他接著問：「對了，你是秦叔的伙計？」

「不是。」

「不是刀叔讓你找我的嗎？」

「是啊，他出錢，我辦事，就這樣。」

白棋眉毛一擰，「我們現在要往哪裡去？」

「南投。」

「去南投做什麼？」

這白棋話一脫口，倒是男子覺得疑惑了。

「你怎不知道要幹嘛？你是白棋本人？不是黑棋、西洋棋吧？」

「……」白棋打小就因這名字被別人調侃許多次了，雖然自認免疫，可隨著社會地位變化，倒是沒誰再這麼揶揄過他。白棋愣了兩秒，反應過來：「我可以給你看我的身分證。」

男子笑笑：「那東西就好看而已，我有三張。」

白棋這下無言了，心道這年頭偽造文書還能講得這麼得意？

這男子一直都處在一種很愉悅的狀態，從照後鏡瞥見白棋吃鱉一般的表情，道：「到了目的地讓老刀給你解釋吧，我不擅長這個。他們搭高鐵，會比我們早點到。」

「嗯……」白棋應了一聲，想起先前經歷，忍不住問：「你們之前提到財庫？那是哪裡？還是我聽錯了？」

「沒錯，財庫……」男子勾起唇角，緩緩道：「那裡有數不盡的寶藏，所有發財的人都往那裡去，也從那裡出來。你旁邊的人，我們就在財庫打過幾次照面。」

帽簷陰影下的一雙眼睛默默睜開，紅瞳半掩在睫毛內，彷彿在思慮著什麼。

聽著很玄乎，白棋還想追問，那男子搶先道：「問老刀啦，我口渴。」白棋碰了個軟釘子，接著聽這男子嘿嘿笑道：「財庫的人都喊我大熊——哥的大名你就不用問老刀了。」

白棋現在更加確信眼前這名男子是個樂天派，而且還有一種鄰家大哥的味道，那味道稱之為「自來熟」。

看得出來，大熊是個身材挺壯的傢伙，白棋暗暗猜測大熊的年齡，不知不覺打了個盹，醒來以後車子剛到南投。

天是霧濛濛的，時間是早晨五點。

清晨的街道沒有多少人煙，加上此時並非旅遊旺季，人潮更少。

白棋還在恍惚時，車子已經駛入一間平房的車庫，鐵門隨即關閉。

車庫內的感應燈泡一個接一個亮起來，白棋這才察覺這裡不是車庫，而是一條通往地下的車道，緩速行駛片刻，大熊熄了火。

這地方至少是地下十公尺左右，白棋如此想道。

對於測量方面的單位，白棋具有極佳的感知，也許該歸功於打小學習來的技術——事實上，他能徒手測定金子的重量，結果精準到誤差在兩錢的範圍內，與電子秤的判定相差無幾。這種長年累積的經驗，形成老練的手感，對於鑑定物品的真偽，具有初步的印象。

當然，僅限於手掌上可以拾取的物品。

這是關於「重量」的感知，後來白棋意外發覺自己對於距離感的判斷也挺準。

地下十公尺，相當於普通大廈地下三樓的高度。

按理講，地下樓數的開挖因為顧忌防水層設計耗費成本的關係，絕少超過地下三樓，臺北地標一〇一也不過地下五樓。

然而白棋方才無意間瞥見建築物地上部分不過是一間兩樓的矮房，若非是樓主偏好地下室設計，那麼這個地方無疑有幾分神祕的色彩。

說是神祕，其實是令人匪夷所思。

「走囉！」

大熊連車鑰匙也不拔，當先下車，語氣挺是歡快。

白棋往李桐生瞧一眼，後者早就「砰」地一聲關上車門，慢步在大熊後方。

事到如今，還有猶豫的餘地嗎？

白棋忐忑地跟了過去，臨行不忘帶著那件由秦清裕所標下的琺瑯轉頸瓶。

廣闊的空間，每走一步都有幽幽的腳步聲，如同回音一樣沙沙作響。

乍看是地下停車場的空間，除了他們一輛休旅車，依稀能看見遠遠錯落幾輛座車。

大熊停在一扇對開門前，白棋本以為是電梯，沒想到是一條通道的入口，開啟的瞬間，頭頂灌下一道強風，簡直就是醫院醫務室的除塵設計，白棋心底不免一愣。

通道只有五步的距離，迎面還是一扇金屬對開門。

門靜靜地敞開，撲面襲來一股潮濕的氣味。

空氣中過份的濕度讓白棋下意識擰了眉頭，這已令他有一種置身水底的錯覺。

來不及仔細感受異樣的環境，白棋跟著前方二人踏出金屬門，大亮的光線讓白棋花費幾秒的時間去適應，然而就在即將抬頭張望，睜開的視野，他看見了自己腳邊的景色——

「……呃！」

白棋開始難以抑止地嘔吐起來。

第八章　轉頸瓶之祕

「看來這趟旅程需要不少嘔吐袋了。」

大熊嘲弄地說，眼神掃過李桐生時，與那寡淡的目光相接，忽爾開口：「我真想看見你被嚇到的表情。」

李桐生神色依舊，淡淡道：「也許等你哪天變啞巴了，你會如願。」

「啊哈哈哈！」大熊拊掌而笑，「你害我的期望值又增加了！」

誇張的笑聲傳進白棋耳裡。

白棋狼狽地用衣袖擦著嘴，胃裡翻攪的酸水仍侵蝕著喉嚨，導致他的嗓子有些沙啞。

「為什麼……這東西在這裡！」他不敢相信他看到的竟是一具具的屍體！

白棋那幾乎是責難般的語氣，迎來了充滿歉意的回應。

「抱歉了，小老闆。」

老刀從不遠處現身，神色既倦怠又愧疚地來到白棋身前。

終於遇見個熟識的人，白棋陡然覺得踏實不少，他不自主往老刀附近看望——只不過同時，他也忽然反應過來，秦清裕死去的事實。

「秦叔他真的……」

面對白棋充滿悲傷的注視，老刀低下頭來，沉痛地說：「小老闆，是時候了……有些事，該跟您說清了。」

※※※

同一時間，市刑大樓，張寅調閱街頭監視器，終於找到該名「男子」的身影。

這是唯一的一幕，僅僅通過監視器下方兩秒就消失得無影無蹤。

即便拍攝下的影像十分模糊，透過解析，也把握住對方將近百分之七十的臉部特稱，接下來利用警政署的人臉辨識系統，張寅認為很快會得到答案。

這名男子是誰？

年紀大概三十上下，身材健壯。短髮。身高一八〇公分，可能更高。

該男子莫非是白棋涉嫌殺害秦清裕的幫兇？

張寅的思緒一下給電腦的系統提醒聲響打斷，下一瞬，他的拳頭用力砸向桌面。

人臉辨識系統的資料庫顯示「查無資料」。

這表示對方有可能並非臺灣公民，或整形、或沒有實施身分登記，但無論如何，這四個字讓張寅很不是滋味。

通知下層注意白棋動向的訊息已經過了將近五小時，目前仍未收到任何反饋，張寅認真盯著男子的錄象畫面，試圖從中找出一絲線索，突然，一通來自高速公路局的來電帶來了消息。

「有件交通違規的車主，疑似嫌犯。」

「怎麼回事？」

「車主闖了交流道閘道管制紅燈。」

張寅急問：「他們往哪裡去？」

「依車型追蹤是到了南投縣集集鎮，目前還在繼續調查監視器畫面。」

聽完，張寅突然陷入思考。

這陣沉默讓電話另一方忍不住出聲詢問：「長官，在嗎？」

張寅突然道：「確定是在集集？」

「根據系統辨識，面部吻合率有八成。」

「那麼你說，依昨夜車況，從臺北到南投，估計耗時多少？」

電話一端安靜幾秒，「推測至少要三至三點五小時。」

「知道了，多謝。有消息再通知我。」

說完，張寅掛下電話。

充滿思慮的目光接觸到桌面上的證物袋。

張寅用兩指捻起一角，裡面是一包偽裝成加拿大名產的楓糖餅乾。包裝袋上遺留的指紋已經調查過了，除了張寅本身留下的，另有兩組指紋，一者為白棋居所大樓管理員所有，一者未知。

管理員的指紋查出兩起竊盜前科，未知的一組指紋，目前仍在調查。

一個沒有前科、並且具備一定反偵察意識的人，會故意留下指紋？甚至在逃三小時，大意地闖了紅燈留下面部攝影？

最討厭的是，休旅車的車牌顯示車主是個剛出生的嬰兒！可見當初在買車時用的就是假證件。

「敢耍我？非把你滅了不可！」

想起男子的嘻皮笑臉，張寅恨恨地喊了一聲。

※※※

白棋一行三人被帶到另外的隔間，倘若是蒙著眼被帶到這兒，誰也不會猜出來，房門的另一邊是完全截然不同的光景。

鋪著純白餐桌布的長桌上，已備妥豐盛早點：湯包、燒餅油條、蘿蔔絲餅、飯團……實在讓人食指大動，然而白棋眼看大熊樂呵呵地吃開了，自己卻沒什麼胃口。

這怪不得他吧！誰看到屍體還能吃得下東西？他不是法醫，也不是警察啊！

沒錯，方才他腳邊正躺著一具具死屍。

死者全身浮腫、潰爛，根本就分不清五官了，身下淌著濕水，隱隱帶著淋巴組織液流膿的顏色。

親眼看見所帶來的衝擊比電影上的特效還要強悍，直到現在，白棋咀嚼米飯的時候，都忍不住與死屍腐爛的臉孔做聯想，差一點吐出來。

是他膽子小？

不是吧……正常人的反應該像他一樣才對。

白棋瞄著李桐生，對方正默默啜飲茶水。

太鎮定了！甚至在這空間裡的每個人，都若無其事的樣子。

好不容易囫圇嚥下一口飯，白棋覺得自己的胃再也容不下一丁點食物，老刀見狀先是嘆了一氣，用著懷舊的口吻說道：「老闆常講您心善，倒是一點都不錯。」

白棋不知該如何回應老刀，最後，只得問他：「刀叔，跟我說吧，秦叔他……到底怎麼一回事？」

「老闆被人害死了。」老刀凝起目光，「對方要的是瓶子裡的祕密。但老闆早把那瓶子轉交給您，於是老闆遭人滅口……」

雖然早知事情與那清朝轉頸瓶有所關係，如今從熟人嘴裡得到驗證，白棋終於正視這個疑問：

「——轉頸瓶裡到底有什麼？」白棋沉聲嘶吼。

「是一筆寶藏。」看住了白棋愣愣的目光，老刀複述道：「一筆巨大的寶藏！」

第九章　美國商船

一八五七年，載著大量黃金的美國商船「中美洲號」在從舊金山往紐約行駛途中因海難沉沒。該船沉入海底兩千兩百公尺，當時美國一間民間調查團用潛水艇打撈，發現五根金條與兩枚金幣，價值約一百三十萬美元。

「中美洲號」所載的黃金是當時紐約諸多銀行融資所需，因此，傳說當年造成許多銀行相繼破產，發生了經濟恐慌。

這百餘年雖說陸陸續續有打撈公司打撈到沉船黃金，但美國當局與諸多專家十分篤信，留在中美洲號沉船內的黃金遠比打撈到的更多，而其黃金價值保守估計也有八千八百萬美元，總重約十九磅，折合臺幣二十六億餘。

詭異的是，經過無數年的打撈，並未在中美洲號沉船地區發現更多黃金的蹤影。

——黃金到哪裡去了？

直到近期，由美國一家海洋探勘公司繼續進行打撈作業，然而經過纏訟多年，他們才終於開始打撈行動，除了挖出二十七公斤、市值約一百二十萬美金的黃金數量，目前仍舊沒有過多回音。

「經過檢驗，從中美洲號發現的金幣，證實是一八五〇年，由美國舊金山鑄幣廠鑄造的雙鷹金幣。關於雙鷹金幣，您瞭解多少？」

粗略說明了某些背景，老刀如此問。

白棋說道：「據我所知，那些從沉船裡打撈出來的雙鷹硬幣，拍賣價格基本是上百萬美元起跳。」

「是。」老刀說：「而且有很大部分的雙鷹金幣，被認為就在中美洲號上。」

白棋一愣，「但是這跟清朝的轉頸瓶有關？」

老刀緩緩地站了起來，走到旁邊櫃子前，把裡面的東西拿出來。遞給白棋時，白棋陡然睜大了眼。

「老闆查出這個金幣，其實是跟那只瓶子一起被發現的。」

白棋眨也不眨地看著手裡的物品——

手掌大小的透明盒子內，一枚染著鐵鏽的金幣被固定在容器中央。

金幣正面是自由女神頭像，幣面邊緣刻著十三顆星，反面則是一隻老鷹圖紋，利爪攫住象徵和平的橄欖枝。

這枚金幣的上面標示的年代是一八五〇，以及具指標性、代表舊金山鑄幣廠的「S」字母。

白棋的手指已有些顫抖。

「就在前年，同一批金幣開始在黑市流開了，老闆也得到一枚。」

經過一陣靜默，老刀冒出話來。

這幾分鐘內，他說的每個字都讓白棋感到不可思議。

「同一批……不只這個嗎？」

老刀點頭，說：「老闆用三十萬臺幣買下，也已經鑑定過，這上面的鏽蝕至少經過六十年的水中沉積，而圖樣也與歷屆雙鷹金幣發行的紋路對照過，符合記錄。」

市面上一百萬美元的價格，只用三十萬臺幣得到了嗎？

「哇，那可真是發了！」大熊驚呼一聲，衝著白棋笑得開朗，探出手去，「也給我看看開個眼界啊。」

白棋有些猶豫地望向老刀，並非私心，畢竟這枚金幣本不屬於他。

老刀頷首示意，彷彿是回應大熊的笑臉，說得語透玄機。

「假如你的興趣僅在這小小的金幣上，你也不會從財庫出來了。」

「這該說是信任嗎？」大熊有些自嘲地說道，打量著手中的雙鷹金幣。

反而白棋幾乎脫口而出地問：「對了，你們說的『財庫』到底是什麼地方？」

「通俗一點，可以說成一群愛好尋寶的人聚集起來的場所。」

大熊頗不滿意地插嘴：「別把財庫說得像是高爾夫球場一樣嘛。」

老刀道：「不然？」

「從財庫出來的，可都先得先把命給豁出去。」大熊嘿嘿一笑，「這次如果我斷了胳膊少條腿，絕對與你們無關。不過如果我這條命還在——該我的報酬，一毛錢也不能少！」

談笑的語調，說到最後已經帶了不可違逆的強硬。白棋尷尬地看著大熊的笑臉，暗暗推測他話中有幾分真實性，但顯然老刀不願糾結在這些小事上。

「放心吧，一分也不會少。」老刀嚴肅地說：「何況，我們的目的，也不在錢財上。」

白棋疑惑了，「刀叔，您這是什麼意思？」按白棋此刻對事態的瞭解程度，正是為了找尋金幣來源，才從財庫雇佣了大熊前來，但為何又說目的不在財源？

「就外人看來，或許真是如此。」老刀解釋道：「老闆也是為了查探這個金幣的真偽，無意間把消息透露出去，惹來不少殺機，自那以後，老闆便很少出門。」

「……我竟都不曉得。」

白棋有些黯然。

一想起養育他的老人曾經歷多少危險的日子，他的心中滿是愧疚。

「小老闆，您也別瞎想了，這事情包括我在內，頂多不到五人知道，老闆把尋寶的計畫藏得很隱密，要不是忽然知道有人也想搶這個轉頸瓶，探索它跟金幣之間的關連，才不願把事情說出來，而且那批人身分不明，就算到了獨木難支的地步，老闆也許仍堅持不想將您牽扯進來。」

「為什麼不告訴我？」白棋凝色道：「可能我在這一行不算老江湖，但至少檯面下的事，多少知道一些，很多買賣只是表面上不說，私底下幹什麼卑鄙的勾當，我都一清二楚。現在政府管得嚴，秦叔是怕我攤上什麼法律責任嗎？刀叔，您說吧，那轉頸瓶是不是有什麼特殊來路？」

老刀沉吟片刻，似在思索該用什麼說詞。

大熊在旁像是按捺不住，直言道：「依咱們小老闆的性格，事情不弄明白是不罷休了，不如先攤開來講，好歹知道咱們之所以窩在這地下室的目的。」

「……」老刀沉默不語。

大熊故意衝白棋勾勾手指，吸引他的注意，「好吧，小老闆，我告訴你，你就這麼想吧，一個中國乾隆時期的瓶子跟美國黃金船的金幣，兩個天差地別的東西怎麼兜在一起了？你不覺得這件事挺神奇的嗎？秦老闆是懂行情的人，想把事情搞清楚不難理解，只不過這個寶藏大家都想要，所以勢必爭得頭破血流，那麼——對了，說到這兒，你哪裡不懂？」

「別把我當小孩。」白棋不滿。

「那好，哥喜歡好溝通的傢伙！」大熊接著道：「那麼明著標不下轉頸瓶的那些人，還能怎辦呢？當然私下動手去搶嘛！你秦叔知道逃不過，就把瓶子偷偷轉給你，又花錢雇我幫你，這樣你懂了吧？」

老刀道：「這話說中了七成。小老闆，您得知道，雖然老闆給你安排了人手，但並不表示您就得繼續老闆之前的計畫。更何況，目前的情況，我知道的也不多，或許幫不上您的忙。」

就在秦清裕獲得雙鷹金幣過後幾日，便聽說賣方橫死的消息。

在地下市場，從沒有什麼規矩可言，突如其來拿出寶物，遭人劫殺，只能感嘆自己運氣不好了。

倘若賣方將這批金幣公諸於眾，或許還能得到政府的保護，尤其按照美國凡事都要插一腳的性格，不太可能放著這批金幣不管……對了，說起來，賣方將金幣放在黑市賣，到底是打怎麼樣的心眼？是怕被美國政府強勢充公，還是有什麼顧忌？

秦清裕從未見過販售金幣的賣主，這件事有關消息全從「財庫」得知，後來，秦清裕發現財庫中已經有不少團伙開始在找尋這批雙鷹金幣的來源，但過了一年，仍舊沒有消息。

一直到半年前，秦清裕收到私人拍賣會的目錄，才忽然找了老刀前來，訝聲道：「我終於明白了！」並開始建構這一連串的地下工程。

然而隨著計畫一步步執行，秦清裕反而越發意興蕭索。

「那時我以為老闆是因為病了，才這麼老把一些囑咐似的話兒掛在嘴邊，現在想來……」老刀聲音哽咽著，「唉！是我想的不夠周全。」

白棋起身，想慰問老刀，又覺得自己這晚輩會否太過失禮，便只到了老刀身旁，替他拿了一張紙巾。

重新省視房內的目光，白棋這才驚覺不見李桐生的人影。

咦？那傢伙哪時候消失的？

「李桐生呢？」

老刀緩了緩語氣，說道：「我有事讓他去辦。」又對白棋道：「小老闆，您覺得李桐生這人怎麼樣？」

「……怎麼樣是指？」

老刀頓了一頓，低聲道：「關於他的來歷，我一直查不清楚，不過，既然是老闆帶回來的，我也就沒有話講。」

然而白棋似乎隱隱聽見老刀的弦外之音。

「帶回來的？」

「大概也就是在計畫開始實施的時候，半年前吧，有一次老闆回來臺北，就把他一起帶來了。」

「跟我一樣，是秦老闆在財庫招募到的吧，那傢伙挺神祕，我看過他出過幾次團，但沒有多少人知道詳細內容，我去打聽幾次也還不清楚他的來歷。」大熊這時輕笑了一聲，「要不是我剛好看見他走出去，還真以為是幽靈呢。」

幽靈，這麼形容也太失禮了。

白棋心裡嘀咕一番，沒想到秦叔在半年前就把李桐生安排在身邊，但他卻是前陣子才看過李桐生。白棋又聽老刀道：「老闆前些天才交代我，假若他有什麼三長兩短，我得把您接來這裡，知道他私底下在做些什麼，至於之後如何，就給您自己決定。」

白棋苦笑了一下，「決定？我一點頭緒都沒有……」

「小老闆，您還記得嗎，我先前說老闆發覺那瓶子跟金幣是一起被發現的，就是在日月潭這裡，只是因為某些原因才分開標售。我覺得老闆硬要標下那瓶子，應該有什麼想法，如果單作收藏，老闆不會如此執著。」

經老刀這麼一說，白棋只覺事情全都回到原點。

第十章　求解

白棋鼓起勇氣，可惜在走出此間，面對眼前的場面，他還是感到噁心。

他確定自己不能跟屍體打交道。

白棋佯裝鎮定的模樣，引來大熊調侃的笑意，他勾住白棋的肩，笑道：「別怕，哥罩你，等會兒你就習慣了。」

「……」白棋皺了皺眉，跟認識不到二十四小時的傢伙稱兄道弟，除了生意上往來的理由之外，他確實有些「受寵若驚」的新鮮感。

若依方才老刀所說，關於一八五七年中美洲號沉船的打撈結果，白棋初步有個構想：十九噸的黃金堆在海底簡直就跟巨石一樣，打撈出的重量絕不可能僅用公斤計算，那麼，為什麼打撈到的數量如此稀少？

被私藏了？還是被搶奪？

而打撈工作直到二次大戰暫時休止，期間不曾起出任何黃金，是真的沒有黃金的下落？抑或被當局隱瞞了？

如果是前者，為何又會在近期重啟打撈作業時有所收穫呢？莫非有人把黃金拿走，又把黃金擺回去海裡？

不可能，誰那麼無聊！

再怎麼想，也不會認為黃金真的消失不見了吧，可能還有人懷疑，當時打撈出的黃金都給拿去充值軍需了。

但是白棋有個聯想——如果是真的不見了呢？

一份放置在某地點的重物，如何消失不見、又重新回歸？

白棋在看見老刀拿出的雙鷹硬幣時就明白了這件事，而套用到這一切的背景，白棋猜測定然是某些「因素」造成當區黃金隱匿，而後來到臺灣日月潭，卻又在某段時間內回去。

——海流！

再也沒有比大自然的力量更能勝任這項不可思議的工程。

這次看清眼前一景一物，白棋知道秦清裕與他是同個想法。

地下室的建造會根據地下水的高度建造防水層，而且地下室的牆面在乘載地上建物的重量時，還要抵抗來自土壤的側面壓力，防水、防潮、防震，任何超過地下一樓的構造都必須得付出加倍的人力與金錢。

白棋從中得知秦清裕早已付出許多準備。

在濕濡的地板上，像是永遠不會乾燥似地散發出陳舊氣味。

在這大概半百坪大的空間中，約有二十餘人，一部分操作電腦儀器，一部分身穿潛水衣裝，而後者分批從挖掘出的地下水層潛入。

此刻，白棋腳踏的混凝土地，一步開外就是打破地下室牆面的地下水層。只要地下水面比混凝土造成的地面還要低，地下水面在眼前就像一條河。

這種具有倒塌隱憂並且違逆建造法規的場面，讓白棋心底不少掙扎，但念及秦清裕因此而死，他也就裝作不在意。

至少，必須搞清楚秦清裕生前花費心思所要探討的答案。

「這都是老闆花錢吩咐造的。」老刀說道：「這裡的地下水，經測定與日月潭的水質一致。所以若是想在日月潭裡找出什麼線索，在這裡同樣可以發現。」

地下水是除了海洋外，分布最廣的水源，一旦湖泊或是河流乾涸，地下水便會起到調節作用，但總歸地下水層是個封閉的空間，若是地下水量過低，缺失的空間自然無法支持地面重量，之所以超抽地下水致使地層下陷，這便是原因。

白棋並不意外此處地下水的質量與日月潭相同。日月潭是臺灣最大的天然湖泊，水源全仰賴雨水、地下水供應。

但是依照目前的狀況推測，假若日月潭的水與這裡的地下水是完全相同的，那麼不久前提出關於「海流」的假設也就不成立了。

「那可真是奇怪了……」白棋喃喃自語。

日月潭的水分雖由地下水補給，但假如日月潭有連接外圍海流，它的鹽度絕對不會和地下水相同。

旁邊突然一道聲音冒出來：「我總算遇見個能溝通的人了。」

說話的人從電子螢幕後走出來，他一襲長白袍，身材偏瘦，不僅兩手套著橡膠手套，連臉上也戴上口罩，但從那斜斜垂下的眼角，似乎可以想見另半張臉有氣無力的表情。

看起來像個醫生。

「——我不是醫生。」

那人懶懶散散地說著，卻把白棋嚇了一跳。

被猜到想法了，由此可見大家對白大掛的印象很刻板。

大熊帶著好奇的目光跳出來說：「如果是醫生的話，旁邊一排躺好看的嘛？」

那人覷了大熊一眼，涼涼地說道：「就算有醫生在場，恐怕也無能為力。他們每個都是游泳好手，潛水裝備也十分完善，但最後還是溺斃了，為何咧？」

「哦？為何？」大熊感興趣地問。

不料那人肩膀一聳，「等會兒就派你去問閻王爺了。」

「噗……」大熊及時止住了笑。

所謂不是冤家不聚頭，白棋看到他們，覺著真有幾分道理。

老刀在旁道：「這位是就讀市大生研系的研究生，叫倪宸，是老闆找來幫忙的。」

「嗨。」

當事人打了聲招呼，但聲調還是軟綿綿地，彷彿沒睡飽提不起勁一樣。

大熊奇道：「真名？」

「嗯。」

「知道我們在做啥吧，報了真名不怕被捉？」

倪宸走向大熊，突然探手在大熊肩膀拍了一下，接著轉身回座。

正當大熊一臉狐疑，倪宸用平緩的口吻說道：「我已經把超過一千種微生物寄生到你的身體上，當你喊出我的名號，微生物就會在你血管裡暴動。」

「……」大熊無言了。

這種用不緊不慢的語氣講出的威脅是怎一回事？根本沒有說服力啊！

白棋看著倪宸懶洋洋地走回電子監控區，幾步跟了過去，詢問：「你有什麼發現嗎？」

「沒。」倪宸慢悠悠地說道：「不過你必須先瞭解秦老闆的假設，這份實驗才有意義。秦老闆假設日月潭周邊有一道水流可以連接海洋，而沉在海裡的寶藏，跟著這道水流通向日月潭。為了證實這一點，就讓潛水員們到地下水層取回檢體分析，如果水質有變，那麼就能推估水流的方位。」

白棋同時看見電子螢幕上顯示的紀錄表，各項結果顯示水質高密度、高鹽分，甚至連溫度變化也十分低微。

而在桌上一張世界洋流圖上，亦標示清楚中美洲號的沉船位址到臺灣之間，確實有洋流循環。

「其實之前秦老闆有派另一批潛水員在日月潭裡面取樣，打著觀光的名義，偷偷潛到深處。不過全出事了，警方開始介入調查，秦老闆便收手，只留下這邊。」倪宸慢條斯理地說。

白棋擰眉，「出事？」

倪宸指了指旁邊，「就跟這些人一樣。」

不必轉過頭，白棋也曉得對方指著什麼。

「全都溺死了，而且屍身浮腫的速度太快，我推測是水中鹽度太高的關係。」倪宸說明著，「一般溺死者確實會因為嗆水而使腹腔膨脹，不過，新鮮的屍體一般都是肌膚表層血管收縮，要到浮腫的狀況，至少得在水中浸泡二十小時。」

白棋有些反胃地掩住了嘴，「請你別用『新鮮』這個字眼好嗎？」

「哎呀，沒想到小老闆這麼敏感咧。」倪宸連調侃都是平穩的聲調，情緒波動似乎一直侷限在「睡醒」到「睡回籠覺」之間的慵懶狀態。

大熊張望著另一邊的潛水人員，「說起來，有這些設備還能淹死也挺微妙，難道是自己把氧氣罩拿掉？氣瓶都歸零了嘛。」

「所以水裡肯定有什麼古怪啊……」

正當倪宸如此說，電子螢幕忽然發出急促的提示音。

倪宸瞄了一眼，接著眼光掃到潛水執行區的對應號碼位置。

「哎呀，又來了。」

照樣是氣定神閒的語氣。

白棋看著螢幕上發紅閃爍的警示框，以及逐漸低下的百分比數字，有些緊張地問：「怎麼了？」

倪宸道：「新鮮……喔不，如你所願換個說法。剛出爐的，再添一個。」

第十一章　決心

白棋一聽，馬上急了。

「那還不趕緊救人啊！」

吼完，白棋衝向前方潛水執行區，對照著警示燈號，看見八號人員的氣瓶指針正快速歸零。

這太不自然了！你說你拚命吸氣也達不到這樣的耗氣量。

其他水道編號的情況顯得正常，甚至地下水面根本沒有激起任何波動，底下的水域到底有多廣？否則其他潛水員看到不對勁至少會幫一把吧。

白棋往水面瞅著，能見度大約在一公尺，底下黑壓壓一片，他大喊：「打燈！」

這才有人拖著大型立燈過來。

但這周圍是夠亮了，還是看不見水底下的情況。

水下到底有多深？

老刀拉了白棋一把，「小老闆，別靠太近，危險。」

「他們都是替秦叔辦事的，我有責任保證他們的安全！」白棋焦慮地說道：「能直接把人拉上來？會不會有風險？」

白棋指的是潛水員綁在身上的細繩。

「我還以為小老闆是個聰明人，看來是我搞錯了。」倪宸的聲音徐徐響起：「在這裡的每個人，都沒指望金主保證他們的安全。所以小老闆你可以省省心了。」

「……？」白棋忽然感覺有點憤怒，「我不懂你的意思。」

倪宸盯著白棋，僅露出一雙眼睛的神情帶著打量的意味。

「你不曉得嗎？這裡下水的每個人都簽了生死狀，生死互不追究。」

白棋辯駁道：「那又怎樣，這種東西在法律上完全不具效力。」

「哎呀，原來你是從頭一開始就沒弄清楚。」倪宸好整以暇地說：「『法律』這東西，在這個領域才叫做不具效力。」

「說實話，我剛開始也覺得挺驚訝。」

接話的是大熊。

他兩手環胸，倚在牆面，十分輕鬆的模樣。「再怎麼說，秦老闆也是財庫的常客了，沒想到秦老闆的接班人居然對這個世界一無所知。」

「算了！」縱然脾氣再好，但被兩個陌生人輪流調侃也挺叫人鬱悶。白棋對著老刀問道：「刀叔，您給我解釋？」

老刀深深吁了一口氣，「老闆用下水一次十萬的價碼，讓這些人去找日月潭外圍水流的蹤跡，每人不限次數。如果不幸死亡，則用五百萬買斷他一條命，銀貨兩訖，兩不相干。」

白棋從不知道「銀貨兩訖」還能這麼用，他傻眼了。

倪宸緩緩道：「五百萬很多了，現在外面撞死人才判賠三百萬，這裡行情還比較好，不是嗎？」

「反正任何工作總會有風險。」大熊搭話道：「只不過這份工作風險大了一點。」

「你們居然能冷靜說完這些話……」

他忽然發覺這個地方，這個不過地下十公尺的地方，與他平生所處的世界竟相差了十萬八千里。

白棋到另一個房間獨處，試圖理清思緒。

目前的情況是：秦清裕安排了潛水員探測日月潭底的水流狀況，但結果不盡理想，甚至出現死亡人數。

這些為財賣命的人與出資的雇主之間，何者是對是錯，他無法判定，畢竟這種私下的交易，全是願打願挨，以前甚至說那些尋寶者死不足惜，因為他們總想找到寶藏發財，而不像尋常人那樣務實工作。

他暫且把良心上的不安放一邊，從另一條線索著手——那只琺瑯轉頸瓶。

白棋把裝著轉頸瓶的盒子拿了出來，決心再次鑑定它，既然秦叔把這瓶子給他，刀叔也說瓶子裡有寶藏的祕密，那麼他或許可以從這瓶子裡頭找出一些端倪。

李桐生之前說過，秦清裕已經把真貨寄放在他那裡，而他在拍賣會包廂看見的是這轉頸瓶的贗品，所以現在他手上這個是如假包換的真品了？

白棋把白手套戴上，拿出高倍率放大鏡，從最外表的花紋開始，一一排除贗品特徵。知名的大偵探福爾摩斯曾說，排除掉所有不可能，剩下的就算難以置信，還是真相。白棋覺得這臺詞說得還挺深刻，就像他當初十三歲也曾以為自己不可能就這樣挑起一個家，或許社會福利機構會介入，或許有什麼離散的親戚會出面，但他很快意識到那不過是愁者自我幻想的希望罷了，他真的就這樣開始工作。他平輩的同學還在外頭穿制服吃便當，他已經被若水堂初代的老朝奉當作奴隸一般地使喚。而他也接受了這一切。

白棋很快就發現有地方不對勁。

這個轉頸瓶也有補綴的痕跡，而且數量不少，感覺像是這瓶子之前被打碎過再修復過一樣。

這已不是能討論物品價值的狀態。

白棋忽然有點惱怒，心想秦叔是不是給騙了，買下這麼一個怪東西，但一想到自己鑑定的功夫絕大部分是秦清裕教的，又覺得他老人家不會犯這種錯，想必是有什麼理由。

他又重新觀察起轉頸瓶。

這次他動手扭轉轉頸瓶的瓶身，設置在轉頸瓶上的旋轉機關還很靈巧，順利就能拼湊出圖案，白棋一邊注意圖案變化，一邊仔細端詳轉動的接縫，忽然「啵」的一聲，瓶子從頸部那裡直接斷開。

白棋剎時一愣，手一晃，居然把這瓶子的內胎拔了出來。

好好的轉頸瓶一瞬變成兩截，白棋著實有些不知所措。他盯著兩手上分開的兩件物品，一個是陶瓷內胎，一個是徒具花紋的外胎。真正的轉頸瓶才不會這樣輕易就壞了咧！白棋覺得這會兒更證實這是個詭異的瓶子。

然而卻因如此，白棋興起了從前都不曾試過的心思——他摸了摸外胎的內側，那裡一片平滑，顯示外側的補綴物並未影響到裡層，這代表這個轉頸瓶沒破過，但確實是有人手工故意捏造，可是為什麼？

白棋放下轉頸瓶，然後走出去找了老刀，老刀正用電話像在聯絡臺北的人手商量事情。白棋問老刀有沒有噴槍瓦斯一類的火源，老刀一下就讓人去拿來，交給了白棋。

大熊無所事事地在這地下室散步，看到白棋拿著噴槍不曉得要做什麼，好奇跟了過去。

白棋先把那房間裡清出一個空間，把易燃的東西撤遠，然後一手拿著噴槍，把轉頸瓶外胎放在地上，開始用噴槍燒轉頸瓶補綴過的地方。

「玩火幹嘛呢？不怕把古董燒壞？」大熊倚在門邊湊熱鬧。

白棋專心看住火源，同時挪動瓶子，「燒個陶瓷都得用上千度的高溫，這噴槍還不算什麼，不過，對某些東西來說就不一定了。」

「某些東西？」

白棋顧不上說話，免得沒注意燒到自己的手，從前要是想這麼做，他肯定得找個好環境，連滅火器也預備好，可惜眼下他沒那麼多資源。
大熊伸長脖子張望，過了一分鐘左右，房間裡開始發出燃燒塑膠一般的臭味。
白棋臉色微變，大熊也忍不住擰擰鼻子，不過白棋沒有停下動作。
神奇的是，瓶子表面融化出一行行髒水般的液體。
「大熊，能幫我抬桶水？能裝下這瓶子的大小就好。」
「行。」
大熊猜到白棋要拿水來清洗瓶子上面的髒東西。
他提水過來時，白棋已經把噴槍關了。
燒過的瓶子立在地上，白棋道聲謝，先拿水灑在瓶子上面降溫。直接入水冷卻的話恐怕會讓瓶身皸裂。
看時機差不多了，白棋才仔細清洗一番。這時重新看見的轉頸瓶外面已經沒有先前豐富的花紋，坑坑疤疤的，倒有些像潑墨山水。
大熊奇道：「你是把上面的聚合物移除了？」
一般補綴瓷器用的是高分子聚合物，原料是天然橡膠，高度的彈性形變跟黏性是這種聚合物的特點，所以用在修補瓷器最適合不過，這種高分子聚合物號稱可以防潮防高熱，但碰到噴槍這種高溫大概還是不行。
「我只是覺得莫名其妙，這個東西何必修補，所以就這麼試看看。果然——」白棋端詳新面貌的轉頸瓶表面，「好像能組成什麼圖案，我拿顏料拓印下來，看會不會好辨識一點。」

「哎，等等。」大熊喊住他，「你看上頭有油墨殘留的痕跡嗎？」白棋回答沒看見，大熊道：「那就不是用印的了，我有個辦法。」說著，他跑了出去。

一會兒回來時，大熊拿著幾根螢光棒，折了折放進瓶子裡。

兩人候了幾秒鐘，大熊把房門關上，連著燈也關了。

「做什麼？」白棋摸不著頭緒。

「別緊張，哥不會襲擊你。」大熊笑道。

沒多久瞳孔適應黑暗，白棋隨後看見裝著螢光棒的轉頸瓶越來越亮。大熊蹲在轉頸瓶旁邊，拿了東西蓋住瓶口，讓光線全集中在內部。

「你瞧。」

白棋順著大熊所指看去，赫然在牆壁上看見從轉頸瓶映照出來的圖案，原本遺留在瓷面的花草山水還在，只是顏色略淡，最清晰的是被燒掉天然聚合物的部分，由於減少很多厚度，所以光線直接透過薄薄一層的表面透出來。

他們倆無聲凝望片刻。

大熊又把瓶子往前挪了挪，縮短焦距，儘量把畫面全集中到一面牆上，這樣子看得更清楚了，感覺填過聚合物的地方，顯示出來像是一條條隧道。

「……好像是地圖？」大熊猜測著，轉頭想詢問白棋的意見。

「可是這地圖為什麼入口在中心？」白棋指著中間一個白點。那裡是所有不規則狀隧道的交集區。

「入口嗎？就我看，說不定是出口。」

「出口一個，但是入口很多個？為什麼？」白棋說道：「什麼地圖標示的地方是一個出口但很多入口？這不就擺明是迷宮了嗎？」

「我哪知道？這要牽扯下去，可能得涉及精神層面，你知道，覺得出口數大於入口數的，個性比較樂觀。」大熊剛說完，他們就聽見外頭傳來一陣腳步聲。

白棋懶得聽大熊胡扯，問：「還有人來嗎？」

「聽說又找來新一批的潛水員，無論如何，實驗還是得進行，現在人手不太夠。」

白棋很不喜歡大熊用「實驗」兩個字概括部分生命的逝去。他走出房間。

大熊喊他：「你去哪裡？老刀說實驗有結果前讓我們先休息。」

但白棋頭也不回，大熊只好也跟著過去。

他們不知道的是，有一名神祕男子偷偷窺視這一切，從他的行動看來，已經埋伏秦清裕身邊很久，而他在看到房內的情況，不禁露出興奮的神情。

男子就趁誰也沒注意的這時候把轉頸瓶帶走。

白棋經過時，看到有一批人聚集在一間房裡著裝待命。

氣瓶的刻度歸零前，其餘潛水員陸陸續續歸來。

潛水員們將手中裝滿液體的容器遞交給倪宸。

看到有成員慘死，雖然露出凝重的表情，卻沒一個人說話。

也許正如老刀所言，他們對於用金錢買斷自己的生命毫無怨言。

「我也要下去。」

當白棋這麼說時，最詫異的是老刀。

「不行！」老刀嚴詞拒絕，「我不可能讓小老闆冒這個險！」

白棋堅持道：「大家在這裡搜索已經有半年了吧，但是什麼都沒找到，我自己下去一趟，由我來決定要不要繼續執行這項計畫。」

「就算如此，也不必您親自——」

「刀叔，就這麼定了。」白棋道：「您也說了，秦叔讓我自己決定，不是嗎？」

老刀仍十分猶豫，「話雖如此……」

「終於可以開始工作啦。」大熊一腳踏了過來，蓄勢待發一般扭了扭肩頸。「反正錢已經到帳了，你要是這會兒說回家繼續當個大少爺，哥也是很難辦。」

白棋斜了大熊一眼，「秦叔給你多少？」

「嘿嘿……」大熊神祕兮兮地說：「至少比五百萬多一些——因為陪著小老闆工作有很大的風險嘛。」

白棋覺得自己被小瞧了。

當白棋在心裡咕噥，探查屍體的倪宸緩緩站了起來，伸了個懶腰。

他表現的態度就好像在跟服務生點排餐要幾分熟一樣自然，然後還戳了戳牛排看血水流出來沒有。

「狀況還是一樣。」

「什麼狀況？」

「沒有外傷，皮下也沒有瘀血，氣瓶設備沒有出包。」倪宸傷腦筋似地說：「水中攝影機也拍不出個鬼來，能見度太低，連個提示都沒有。」

「等等哥去閻王那兒給你找提示回來。」

大熊一邊穿著潛水裝備、一邊打趣地說。

倪宸施然道：「那是最好不過了，我等著。」然後把乘裝水液檢體的小容器塞到對方手中，裝模作樣地示範把水裝到檢測瓶裡，「捏一下瓶身，然後放開，空瓶內的空氣受到擠壓會自己吸水，自動蓋上蓋子，除非再次擠壓瓶身才會溢出內容物。等等你要是手滑，也不要緊，這瓶子底部黏了一條繩子在你衣服上，你別在水底寬衣就行。」

「想得真周到！」大熊豎起大拇指。

老刀這時忍不住到白棋面前再勸：「小老闆，讓別人去不就行了？您要是怎麼著，呸呸……」老刀撇了撇自己的嘴頰，「讓我以後九泉下如何向老闆交代？」

「刀叔，我不會有事的。」白棋說道：「現在我被誤會是害死秦叔的兇手，我要用自己的方法證明清白才行！秦叔之前在找的是什麼，又是誰與秦叔作對，我一定要找出來！」

並非懷疑先前的調查結果，而是更相信自己的判斷。

在白棋的想法裡，他一直是如此堅信著，就算最後證明是自己判斷錯誤，他也不會去怨恨別人，畢竟，是自己的選擇。

從挫折中學習，這是白棋一路走來的信念，歷經當鋪事業的起起落落，他自認把一切看得很淡，包括財富、地位、愛情——然而眼下他有非做不可的事。

以前聽起秦叔提過，早期若水堂以買賣古董發家，或多或少與黑市有牽扯。

當時法律不完善，他們鑽了漏洞，硬是交易多樁無主文物，獲取暴利，那時候的兩岸來往檢查較為簡便，很方便攜帶具有爭議性的有價文物，他們在各地都有人接頭安排交易。

此外，也有幾次，他們不想讓中盤多剝一層皮，索性自己去掏寶，賺的利潤更大，只不過很多藏寶地點都設有陷阱或地處偏遠，出行吉凶難料，那便是自己造化了。

白棋也曾聽秦清裕說了幾個尋寶故事，覺得非常有趣，笑稱自己有空倒想去探險一番，算是長長見識，不過秦清裕有所顧忌，一直沒有正面答應他。白棋心道，不料竟是這時候有機會實現那句附和尋寶故事的笑語。

白棋說服老刀回去臺北主持大局，秦清裕的後事也得安排，這些他都很放心交給老刀。

秦清裕膝下無子，在臺也無親戚，過不久，死訊就會洩漏出來，到時候無論是若水堂的營運，還是當鋪公會的職權變動，肯定會陷入慌亂。

老刀是秦清裕身旁最親近的助手，白棋一點兒也不懷疑老刀的辦事能力，但畢竟老刀年紀也大了，白棋最擔心的是老人家的身體狀況。

一直到分別前，老刀仍不停叨念著安全，白棋再三保證，老刀留下幾個人手照看，才願意返回臺北。

倪宸拿來一組小型攝影鏡頭別在白棋的肩帶上，說道：「氣瓶的容量基本可以維持一小時半，但我想你也知道，呼吸頻率、水壓，都會影響消耗量，最保險是四十分鐘就上來一趟。」

白棋頷首，低頭時不經意瞥見攝影鏡頭外殼被刮出一條擦痕，大概是從別的使用者身上臨時取來的裝備。

至於前一位使用者是誰，白棋儘量不去想。

「好了，順風。」倪宸悠悠哉哉道。

白棋在心裡頭默唸：這趟下水就是所有行動的開始，他得讓自己踏出這一步。

白棋提著防水手電筒，深呼吸一口，算是做足了心理準備，接著噗通一聲往地下水面跳。

大熊就在附近距離兩公尺左右，緊接著跟了下去。

第十二章　慈恩塔頂

李桐生走在蓊鬱步道，步伐毫無遲疑。

這是往慈恩塔的路，他混在觀光人潮裡，儘量不引人注意。

慈恩塔是一九六九年蔣介石為了感念母親王太夫人所建，此塔目前成了遊歷日月潭不可或缺的一項景點，但對於李桐生來說，這地方的價值不在觀光上，而是這座塔儼然化身為一根巨杵，抵住了龍脈的咽喉。

半年前，秦清裕從財庫將他帶了出來，明確告知「計畫」在死亡降臨的一刻展開。

「必須搶先任何人，得到『機關盒』內的祕密。」秦清裕曾如此說道：「我推算過這次農曆年的雨勢將比往常來得大，有機會重現九龍圖，但我恐怕待不到驚蟄那時候，所以我已經把計畫提早。你別擔心，孩子，我聯絡好美國香山幫那夥人，他們也會助我們一臂之力。」

其實他心裡一點也不擔心。

李桐生邊走邊想，過往一幕幕便浮現腦海。

他在很小的時候就知道自己的宿命，並嘗試不依靠第三方的幫助，獨力完成注定已久的鬥爭。大不了就是一死，他想，下場再糟也就這樣，只不過眼下他遇上了白棋，驀然多了一份責任，便好像不能那麼隨興了。

慈恩塔周圍圍繞著不少遊客，紛紛攬著相機拍照。

這慈恩塔共有九層，塔高四十六公尺，站在塔頂剛好海拔一千公尺，足以望見整個日月潭的環湖之景。

李桐生默默攀到塔頂，臉不紅、氣不喘，擇了西面的位置，駐足觀望。

日月潭周遭連綿起伏的山勢，在他認真的眼神中，彷彿經過了解析，將所有祕辛呈現。

本來日月潭的周邊地理環境，在堪輿學上就獲得極高評價。

日月潭從四周山巒向潭面延伸的半島，就像一條條鑽進水潭的活龍，對著湖中央的拉魯島。這一道道環繞日月潭的「龍」有九股，其中含大幹龍五處、小支龍四處，共計九龍。拉魯島舊名「珠嶼」，於是兩者配合之下，則稱日月潭擁有「九龍搶珠」之絕妙風水。

潭畔亦有諸多與龍相關的地名。

然而自從二十年前的九二一大地震發生以後，這九龍搶珠的地勢隱隱有所變化。

日月潭位於臺灣中央位置，承接阿里山與中央山脈，在中心點匯聚成一座湖水。俗話說「龍從水」。日月潭無疑是養孕諸多龍脈的「養龍水」，是群龍聚首的絕佳寶地，也就是「龍穴」。

但九二一地震之後，土石鬆動，地勢改變，潭內水位下降。以「得水為上」的堪輿學來說，日月潭的水位支使著九龍的「氣」，水位不足，龍氣便漸趨疲軟，隱藏在龍穴中的祕密，將隨著無法固定方位的九龍支柱而崩塌，掩埋在歷史洪流中。

然而奇妙的是，那美商的黃金船雙鷹硬幣沉寂多年，竟在這時出現，無疑說明日月潭某處不為人知的藏寶地，也被這一震給震到世人眼前。

九二一過後二十年，秦清裕從星理氣象推估今年的驚蟄將會有歷年來最大的雨勢，屆時九龍得水復甦，水道滿漲，從天空俯瞰，彷彿九條水龍重新匯聚，形成一張「九龍圖」。

在九龍圖所指的重要地點，不知何處，也不知藏有什麼，但以訛傳訛後，該地被暱稱為「九龍城」，或「九龍遺城」。「遺」字，取其「遺落世外」之意。

遺憾的是，這消息不知從何走漏，黑市與財庫都接二連三出現九龍圖重現的謠言。買家或者組團尋找九龍城入口，或等著下標九龍城內的古董寶藏。

無論如何，這道上的人都曉得驚蟄過後，九龍城必定再現。

「不准動！」

隨著一聲低沉的警告，李桐生剎時感覺有個硬物抵在他的後腰。他微微側頭往左右窺探，附近的遊客不知何時走光了，就剩這三人包圍住他。

以武器威脅李桐生的男子將人從塔頂的欄杆邊拉進來，讓李桐生站在鄰近塔中央的旋轉梯邊，顯然他們不想讓徘徊在塔前的觀光客注意到塔頂的蛛絲馬跡。

李桐生看見通向這層的大門被關上，應該是這三人動的手腳，怪也怪剛才自己想事情想得太出神，連附近的形勢變化了也沒有覺察。
眼看控制住情勢的男子，與伙伴交換眼色後，其中一人開始搜李桐生的身。
這時，李桐生驀然問道：「你們要什麼？」
「你是真不知道還是在裝糊塗？」男子的聲音帶著怒意，「把九龍城的地圖交出來！」
李桐生沉吟片刻，鎮定道：「我沒有那東西。」
搜過一輪的同夥對男子搖搖頭，示意毫無收穫，男子又對李桐生喝道：「轉過來，慢點！」
李桐生雙手舉在半空，緩緩轉正，終於看見這三名男子的臉。
負責搜身的傢伙不客氣在李桐生的口袋、袖口東拉西扯，李桐生卻偶然從那人彎腰時的後頸處，瞥見一抹熟識的刺青圖騰。
「你們是香山幫的？」他問。
男子倒也不避諱，點頭承認：「既然知道，就該曉得你們不該打九龍城的主意，勸你們還沒受傷的時候，趕緊打道回府。」
李桐生盯著他看，心想秦清裕說香山幫的人是來幫他們的，但眼下這氣勢可算不上叫「幫」。
「是誰告訴你們我的行蹤？」
男子的神色閃過一絲動搖，「這你不需要知道。」
搜身的傢伙站了起來，這次也搖搖頭，顯得很心焦。

「既然你們有內線，難道沒告訴你們地圖不在我身上嗎？」

「這麼說——地圖果真存在！」

「我藏起來了。」李桐生隨口說。

男子激動起來，手槍往前直抵李桐生的胸口，逼問道：「你把地圖藏在哪裡？說！」

李桐生盯著胸前的手槍，皺著眉，接著緩緩伸出手往塔頂上端的橫樑一指：「在那——」一語音未落，趁持槍男子的目光被手勢吸引過去，李桐生忽然一手刀劈向男子手腕，力道之猛，疼得男子右手抓不住手槍。

手槍落地，男子立時伏低去搶，李桐生又一腳把手槍踢出老遠。

左右兩名同伴這時攻過來了，李桐生側身賞了左邊一拳，接著迴身把右邊的人絆倒。

拾回手槍的男子二話不說朝李桐生開一槍，槍聲大得附近的遊客紛紛往塔頂一望。

李桐生躲過這槍，隨即擒住另一位歹徒，將人當成肉盾似地擋在身前。

這時李桐生眼前正對這人紋在後頸處的刺青，似乎瞭解到什麼異常之處：原來香山幫還在鬧內訌。

李桐生又瞧了一眼，似嘲似諷道：「你們是蘇州來的！我還想美國那批人早該跟洋人混血了，你們一點也不像。」

「別把我們跟國外那群人渣相比！他們才不配自稱為香山幫！」男子動怒，又扣了一槍。

李桐生把身前的肉盾往前一推，自己忽地往後一仰，整個人竟從登塔的旋轉梯中央空隙倒下去！

這裡距離地面有四十六公尺高，掉下去肯定粉身碎骨！

那三人連忙往下一看，李桐生的身體落在旋轉梯間架起的網子，安然無恙。

那是政府怕遊客摔落才刻意張開的網。李桐生便從網子滑到第四層樓梯，飛快離開了他們的視線。

難道九龍城的地圖真的存在？

遠離危機的李桐生隱匿在山林中，心中不住回想方才那三人想找地圖的樣子。

他當然沒有九龍城地圖，那是為了逃生在晃點敵人的，不過說起來，九龍城地圖存在的真實性從一開始就值得令人懷疑，那幾乎是財庫裡流傳的一個著名謠言，可誰也沒有確信。

——世上有一張可以成功通往九龍城的地圖，可是不知在何處、不知在誰手裡。

財庫裡全是渴望尋找寶藏的人，充斥任何關於寶藏的謠言，一點也不奇怪。只是沒想到香山幫的人也出來湊一腳。

香山幫的後輩勢力目前分化為中國跟美國兩股，秦清裕對他說找了美國的，可顯然中國的一派也得知消息，現身要搶。

李桐生思考著，雖然有人從中作梗，但他已在慈恩塔頂大致確認過目前「九龍」的狀態。現在是冬季，水位下降是正常的，可這正是九龍圖顯現最大的困難。現在他要找到趕在驚蟄之前進入九龍城的辦法，不然等驚蟄一到，難保那些有點眼力的看出了九龍圖的奧祕，到時候一窩蜂擁過去，難免阻礙了計畫。

為此，現在只能以人力強迫水位升高了……他接下來筆直朝著武界大壩而去。

第十三章　水底的女人

梅聖琳喜歡旅遊，白棋曾與她到墾丁浮潛，所以對於潛水這回事，白棋自認不算陌生，但這回可不是看看珊瑚礁那樣簡單。

嘴裡叼著吸氧氣的管口，剛潛下水面不到兩公尺，白棋一個沒注意就被迫灌了一口髒水，嗆得差點嘔吐。

雖說兩耳用了耳塞，但隨著水深增加，耳邊朦朧的咕嚕聲便越明顯。

白棋注意著深度表，同時從厚重的水幕外看見一道光芒偶爾穿透。

那應該是大熊的手電筒吧！

白棋繼續專心在自己該潛下的路徑。依照倪宸分配的水域，他該採樣的水質區域還得往下十一公尺，偏東，潛水儀錶已經設定好定位經緯，雖說定位訊號似乎因收訊不良而產生了誤差，但多少可以用作參考，只需要讓代表自己的那顆紅點跟定位好的箭頭標示重疊就行了。

水壓一點一點地加深，讓人逐漸感覺胸口與鼻腔有些難受，白棋的呼吸也不由得沉重起來。

他穿著蛙鞋的腳不斷上下擺動，彷彿已成了一種下意識的行為。

白棋腦子裡不自主地想，才下水不到十分鐘，就感覺身體累得很，好像連續工作三天三夜，肩膀都抬不起來一樣。

可能是在水面監測的倪宸發覺目標怎麼突然靜止不動，白棋這時聽見耳邊的通訊器傳來斷斷續續的提示：「打開……開排氣閥，小老闆……打開排氣閥。」

啊，對！

白棋這才想到下潛到一定深度，他得打開浮力調整背心的排氣閥，減少下潛的阻力。在他潛水背心的左肩處有個扣環，他使勁一拉，一整串氣泡登時從洩氣口冒出，直竄水面，白棋能感覺潛水背心變扁了點。

他繼續下潛，手上的防水手電筒照在黑壓壓的水裡，能見度大概只有一公尺到一公尺半左右，水質看似混著什麼泥沙或浮游生物，並不是很清澈。

約莫到了水下二十公尺，白棋感覺水裡又黑了一層，好像水下也有晝夜變化一樣，只是水底是永夜。

手腕上的儀表夜視功能很好，清晰指明他只要再往下五公尺並往東方游個幾步就能到達目的地，然而奇怪的是，當白棋謹慎捏起採樣瓶，預備採樣前，他陡然感覺右腳好像抽了筋，從腳踝處傳來一股緊束感。

他往下看，但腳邊一片模糊，只好用手電筒去照，立時見腳邊一團黑，像一腳踩進了土裡。

看不見腳掌，白棋有些緊張了，心想該不會是纏到什麼水草之類的東西，可又同時想到這是夾在兩塊石層中間的地下水層，會有植物生長嗎？

這念頭剛浮現，白棋就見那團黑呼呼的東西順著他的小腿往上盤，一下子捲到他的腰部——

白棋嚇得重重吸了一口氣，也虧得這口吸得足，心臟噗通噗通地跳了起來，腦子裡跟著充了氧，思考稍微清明一點，他心裡直呼纏在下半身的黑色物體像活的一般，一撮一撮攀附。

防水衣感受不到膚觸，高水壓也麻痺了觸覺，但這回他兩眼湊得更近，看見那玩意兒時直覺想到是水鬼的頭髮，這麼一聯想，忽然就感覺身體被緊緊捏住似地難以呼吸。

「搞……搞什……」

白棋不自覺張口驚呼，發現呼氣管的氧氣從唇縫逸出，才重新含住吸嘴。

不把這怪東西弄開不行！

白棋心想著，便伸手想扯掉那些黑髮。

然而手掌在黑髮裡頭揮來揮去，毫無效果，這才知道自己手心裡還拽著採樣瓶。

緊張到忘了手裡有東西，白棋暗罵自己一聲蠢貨，隨隨便便捏了一下採樣瓶後就放手，反正倪宸說了瓶子會黏在衣服上，他有理由不管它。

五指終於自由的白棋順手抓住最靠近腰側的黑髮，本想用力扯，但指縫剛碰到黑髮的瞬間，那滑膩冰冷的觸感激得他一哆嗦，下意識喊了聲：「老天！」

不料這一喊，呼吸管又脫了口。

這次可沒這麼幸運，呼吸管被水流一推，立刻掰到旁處，不用手拿正不行。

白棋用手去拿呼吸管，剛拿到呼吸管的同時，便見身邊滑過一道光線——

死了！他的手電筒掉了！

白棋試著挽回他的手電筒，但手電筒左右搖晃著一路往下沉。

就在手電筒不規則晃動，偶然照向他這個方位，白棋看見那束黑髮緩緩往洩出氧氣泡的呼吸管裡塞進去。

完蛋了，好像會死在這裡……

白棋忽然想起他剛來到這裡時看見的屍體，浮腫的屍身，還有棄置在一旁枯竭的氧氣瓶。

他隱隱約約瞭解到什麼，但眼下這情況不容許他進一步歸納出結論。

其實大熊沒打算真正去他被分派到的水域採集水樣。

他一直注意著白棋的狀態，大概下潛到水下十公尺左右，隨身攜帶的通訊器就已經發出雜訊，他想差不多了，訊號本就無法完全接收到他的定位，就轉向順著白棋的位置游了過去。

這次聘請他的人是秦清裕，雖耳聞雇主死亡，但帳戶已經打入比預期更高出百分之三十的金額，他當然得盡盡職業操守完成委託。

這次的任務是護衛白棋探尋雙鷹硬幣出現在日月潭的原因，預計時程一個月，根據契約內容，多出的天數可以在日後向若水堂請款，不過這也得白棋最後「活著」才管用。

一般在財庫找人都是雇人去尋寶，委託當褓母帶人探險，這對他大熊來說還是頭一遭，不過念在成交金額足以讓人心花怒放的面子上，他接下了這門差事。

但這次交易有個條件，那就是秦清裕並不想讓白棋知道他從財庫找人保護他，所以大熊對外宣稱他是被聘來尋找雙鷹硬幣的出處，實際上要是白棋有危險，他得挺身而出假裝見義勇為就是了。

關於日月潭周遭出現雙鷹硬幣的謠言，在財庫有各種版本，他偏向「機關盒」一說，那是流傳財庫已久、一種將近神話的存在。

但機關盒到底在臺灣存在與否，一直無人可以證明，所以其他藏寶地便取而代之。

之前他也有跟團到水社大山裡頭走一回。

水社大山是日月潭一帶最著名的高山，傳言有隱居的原住民守護著奇珍異寶，但一行人才到半山腰，就被警察當作山老鼠給攆了下去，好像有什麼地方走漏風聲，政府方面抓得很嚴，禁止有心人士擅入日月潭風景區一帶。

這次的目的雖說是保護特定人物，但他也得跟著白棋一起行動，在秦清裕大致解說行程時，大熊就有感覺這老傢伙掌握了比其他人都還要準確的資料，甚至隱隱約約透露出機關盒所在的訊息，他想，這次說不定真可以找到機關盒，還可以跟著沾點甜頭，順出幾個寶物轉手倒賣。

大熊美滋滋地想著帳戶裡湧進大把大把的鈔票，可一看到白棋被裹成黑糖拔絲，立時感覺那些鈔票像長了翅膀，隨時準備飛走。

他兩三下游過去，揪著白棋的一條手臂，想把人拖出去。

鈔票還有氣——說錯，白棋還有氣，只是臉色猙獰著，顯然快要溺水。

大熊連忙把自己的呼吸管塞到白棋嘴裡，然後用力按壓一下白棋的頸部，讓白棋把嘴裡一口水嚥下去了才能接著呼吸。

白棋的意識可能已經有些迷濛，好幾秒才緩過來，接著驚慌地吸氧。

大熊看白棋恢復了點精神，便從潛水衣下面拿出一把小刀，開始割斷那些纏繞在白棋身上的黑髮。

白棋半眨著眼，心想大熊是從哪裡夾帶刀子？猛然瞧見一撮黑髮從大熊手臂往上爬，嚇得白棋嘴裡嗚嗚耶耶地示警。

手裡的刀子差點劃到小少爺嬌貴的肌膚，大熊有些不耐煩地看向白棋，這才從白棋的指向看見黑髮竄了上來。

大熊連忙一揮小刀，削斷了幾根黑髮，同時眼尖地察覺那些斷髮逕自衝向呼吸管逸出的氧氣，之後才像是失去生命，隨波流散。

不一會兒功夫，白棋終於重獲自由，大熊憋著氣，緊握在手裡的手電筒同時照著兩人。

白棋看見大熊用手指指呼吸器，又比向自己，知道對方這口氣也憋到盡頭了，於是白棋點點頭，示意明白，讓大熊拿回呼吸器吸了一口。

再度拿到呼吸器的白棋，用手比了比上方，他待夠這個詭異的水底了，只想回到陸地吸空氣吸到飽。

大熊知道白棋的心思，但他卻忽然對這裡生長的黑髮感到興趣，對白棋比了個「稍等」的手勢。

他曾見識過不少稀奇古怪的深海動物，有些海星甚至長著榕樹鬚一般的長絨毛，他只覺得這團黑髮有可能是什麼生物的體毛，而且他剛才看到白棋手腕上的儀表，氣瓶的殘壓錶已然歸零，所以就是這種「好氧生物」把先前一堆下水的人給害死了？

大熊把手電筒往下照，果然黑漆漆地什麼都看不清楚，他不自主往下游一點，打算一窺究竟。白棋因為嘴裡吸著大熊的氧氣瓶，只好跟著一齊往下沉，但他對黑髮餘悸猶存，過沒兩秒就直拍著大熊的肩膀，催促想回。

大熊沒轍，盤算著原地返回，先把白棋送回水面，下一趟再過來瞧瞧，不料底下的漆黑忽然散去，他手電筒一道光柱直撲水底，猛地照出一張看似女人閉眼假寐的臉。

第十四章　不速之客

幾乎是在目光接觸到水底那張慘白的女臉時，白棋嚇得嘴裡冒出一團空氣，忙轉身往水面游。

大熊膽子看來大了些，雖然肩膀聳了一下，但雙眼仍緊緊鎖在那張女臉上頭，好似防備那女臉會張開雙眼，忽然突襲過來。

白棋游幾下沒游動，終於領悟過來呼吸管的氣瓶黏在大熊身上，憑兩者天差地別的體格，他用雙手雙腳也拉不動，只好伸手去拽大熊的手臂。

大熊手臂上多了一隻手在抓也沒理他，反而想起下水的初衷，摸索著衣上的採樣瓶，刻意靠近那張女臉，捏了瓶子採樣。

眼看事情大功告成，大熊不由往女臉瞥去一眼，不料周圍的黑髮又迅速聚集起來，驚得白棋喉中嗚嗚直叫，渾然失去平常莊重的氣質。

不過這也怪不得他，畢竟是還沒見過「世面」的小老闆。

大熊轉個身，帶白棋往水面游，浮到大概水下十公尺左右，他拉住白棋，比了比潛水儀表，示意需在此暫留五分鐘左右才能出水，免得氣壓變化太快，造成身體不適。

白棋急著逃，一時也忘了，猛一想到，才安靜維持高度。

這時耳邊的通訊器材斷斷續續傳來聲音，可就像收音機收不到訊號那樣，有人說話也聽不清楚。

白棋就這樣望著錶，同時往有黑髮的水底張望，唯恐那黑髮再竄上來。

大熊一邊數著時間，一邊把潛水背心脫了，就著背心設置的緊急呼吸孔吸氣，算是把氣瓶讓給白棋了。

背心裡頭的空氣本用作調節浮力，但緊急時，可以吸取背心內的空氣維持呼吸。

白棋這才認知大熊這號人物果然真有一套，臨危不亂，難怪秦叔找他幫忙。

等時間差不多了，兩人緩緩往水面上浮。

身邊的水質又變回一開始灰灰黃黃的樣子，但至少比深處的溫度暖和。

白棋在破水而出的時候，馬上脫掉呼吸器，大大吸了一口真正的空氣。

脫離緊張的環境後，他又感覺心臟重新跳了起來，正想上岸時，他竟看見有位老人家杵著枴杖，坐在人群之中笑咪咪地看著他。

情況好像有點不對。

白棋才這麼想，後面大熊也跟著浮出水面。

大熊脫掉了潛水面罩，露出一派輕鬆愜意的表情：「呦，看這陣仗不像要來作客的。」

左右七八名穿西裝的人已經把這場地包圍住，除了倪宸被困在檢測水樣的電腦桌前，雇來潛水的人手，歪七扭八地倒在地上。

白棋看這情況就有點惱了，忍不住問：「你對他們做了什麼？」

「別擔心，只是吸了點催眠瓦斯，等會兒睡飽就醒了。」老人悠哉地說：「先上來吧，泡在水裡久了，小心著涼。」

白棋剛攀上地面，忽然就感覺胸口一陣悶疼，止不住咳了一陣。

「坐著別動，你剛上浮太快，得休息一下。」大熊難得正經地交代著，目光悄然往倪宸看一眼。

倪宸勾了勾無奈的眉眼，好像也不曉得這批人哪裡來的。

拿枴杖的老人朝左右使眼色，便有一人捧著他們的衣服過來讓白棋兩人換穿。

那老人身材瘦小，弓著背，臉上皮膚蠟黃又滿是皺紋，感覺可能已有八、九十歲了，但說話的中氣很足，扁塌的眼皮下有一雙銳利的眼神。

白棋見過這樣的人，大抵是祖父或者老一類，老了也頗具威嚴，可他沒聽老刀說有誰會找他，而且看這場面，恐怕也不是能預料的訪客。

「我不想催你們，不過還是希望你們盡快跟隨我們上路。」老人徐徐說道。

白棋問：「要去哪裡？」

大熊窺見送衣服的西裝男腰間繫著一把軍刀。看來這幾個人都有帶利器，不好輕舉妄動。他把貼身攜帶的小刀藏進衣服裡，趁換衣服的空檔塞進皮帶扣。

「去我們的部落。」老人回答道。

「部落？」

「嗯，其實這也沒必要瞞你們，就老實說了吧，有一夥人抓了我孫女，威脅要宰了她，除非讓我抓個人去換。好巧不巧，那人就是你了，小子。」

「啊？」白棋瞪大雙眼，「這不是應該報警的事嗎？」

老人呵呵笑道：「你們現在進行的事，難道能報警嗎？別傻了，家有家規，行有行規，我們的動向跟政府或警察都毫無關連，不管怎樣最好都不要流漏出去。」

「等等！」大熊插嘴道：「這位老先生，換做平時，我可能會答應放人，不過這回你要的這小子是我的小金主、小老闆，我總得要知道你孫女是哪號人物，才曉得你交換人質值不值得吧。」

那老人露出個讚賞晚輩的表情，回答道：「我孫女也算不上一號人物，就是我孫女，只不過眼下我擁有你們這些尋寶人都想要的情報，比較歹毒的，知道我孫女是我罩門，就抓了她逼我，不過那夥人沒直接逼我交出情報，我推測，可能想先解決掉你們再對付我吧，畢竟你們是目前最靠近九龍城的一票人了。」

「九……您說九什麼？」白棋狐疑地提問。

老人剛要開口，他旁邊的西裝男手下忽然飛了出去！

白棋定眼一看，那人還真是「飛」了出去，足足彈起十來公分才俯身摔到大熊眼前。

大熊手快，揪住那人的衣領，一拳砸向肚子，那人當即痛昏過去，大熊趁隙把那人腰間的軍刀抽走。

這動作一氣呵成，像演練過的一樣。

白棋還不知道人好端端怎自己撲過來，剛挪回視線，便見李桐生一腳踢向其他西裝男，那男的用手臂去擋，才躲過一回，李桐生接著一記迴旋踢，又撂倒一個。

李桐生不知哪時候回來了！還偷襲成功！

白棋看到李桐生時，心裡忽然湧上一股驚喜，總覺得他們之間的關係有點像兄弟，看到他就安心了，可他們才剛認識沒多久啊，白棋也不知道自己怎會有這種感觸，可能是在這個生活遭逢巨變的時刻，一向待他如子的秦叔將李桐生帶到他身邊的關係吧。

「小老闆別亂動。」

拿到軍刀的大熊向白棋低聲吩咐，跟著加入戰局。他衝向倪宸身後的的兩人，雙方輪流對起招來，動作俐落得跟演電影沒兩樣。

白棋支支吾吾應了一聲，知道圍毆不是他長處，就一個人默默把潛水衣換了，不時注意李桐生跟對手的戰況。

這一看，又覺得哪裡不對……

啊！李桐生居然會打架！

他一直以為這少年看來安安靜靜的樣子，而且還有白化症，怎麼打起架來這麼俐落？是不是他哪裡認知錯誤了？

說也奇怪，白棋這時覺得自己冷靜得不同尋常，好像每回遇到當下無法解決的事，他的思緒一下就給搬空，像有雙眼睛在旁觀著自己。

從前知道自家鋪子怎樣也捱不過倒閉的命運時，他也就放棄了掙扎，另尋他法這才遇見秦清裕，另外好比有一次，一名黑道角頭尋上門來，說家傳寶石在若水堂被鑑定成假貨，非要討個道理，無奈他重新鑑定，確確實實就是個沒價值的B貨，當他照實說，立刻就被打了一棍，那批人接著又想搶櫃臺裡的錢，他沒阻擋，反正知道自己花拳繡腿，打也打不過，身材也沒人家高大，那夥人搶了抽屜裡幾萬塊就跑了，後來他依法律報警，過幾天錢也照樣回來。

那件事被秦清裕知道後，不僅沒生氣，反而被邀去吃了一頓飯說是去晦氣。

白棋只記得宴上，酒過三巡，秦清裕有些醉意地在他身前嘀咕著：「你就是太沒執著心了，執著心吶……」

之後白棋回憶過這場景許多次，越覺得秦清裕說得感慨，卻又分不清到底是叫要他執著還是別執著。

可他知道自己的性格就是這樣，女人跑了，錢沒了，攤上大事了，除了面對別無他法，而憤怒與悲傷往往會壞事，所以他儘量保持冷靜，靜觀其變。

短短幾小時，白棋已經說服自己接受現實。

敬愛的秦叔死了，眼前出現一群群想要爭奪寶藏的人，他們為此大打出手，還不在乎公權力的介入，而掌握寶藏線索的唯有一支秦清裕花大錢標下的轉頸瓶。

然後就在剛剛，他潛水時還遇上一張埋伏在水底的女臉，她滿頭的黑髮奪去他賴以呼吸的氧氣，甚至想讓他窒息死在水底……

這些事要是發生在別人身上，不知會做何感想。

想到這裡，白棋忽地感覺有點動怒，好像這天下其他人都在打打鬧鬧，只剩他一個認真思考接下來該怎麼辦，而且那夥人還在他面前吵他！

西裝男還剩三個，其他不是昏了就是匍匐在地上哀嚎。

白棋順手提了個空掉的氣瓶，走到其中一個西裝男的後背，猛然一砸，那氣瓶發出「噹！」的一聲，西裝男應聲往前趴倒。

大熊準備要一拳打在西裝男臉上的拳頭停在半空，看著白棋的舉動，嘖嘖稱奇起來：「不錯嘛，有志者事竟成，是不是！」

白棋不曉得該怎麼回應大熊，可能得先指出那俗語用在這地方不太貼切，不過對照這情景，顯然那不是個好開頭。

「真是的，我用通訊器不曉得聯絡幾次了，你們才來。」脫離險境的倪宸沒好氣地抱怨著，走到白棋他們脫下潛水衣的地方，拿回採樣瓶，語氣呆板地說道：「要是連瓶子都壞了，我就要生氣了哦。這關乎我的報酬，你們知不知道半工半讀是很累的啊。」

大熊心想這傢伙生氣是不是還繼續這副面癱樣。「不是水下收訊不好沒聽見嗎，而且你還不知道我們遇上什麼哩。」

「遇上什麼了？」倪宸問得意興闌珊，「難不成還有水鬼喔。」

大熊愣了一下，「……你知道？」

「我隨便說的。」

看倪宸一點也不驚慌的態度，白棋猜他肯定是覺得他們說謊，但倪宸把其中一個採樣瓶舉到眼前端詳時，眼神顯然有些微改變。

大熊無奈道：「喂喂，我可沒在胡扯。而且你剛才直接散播那些奇怪的微生物不就好了，讓他們意識混亂還是自己打巴掌之類，不然血管爆裂還是什麼的。」

「別把我說得像搞生化武器的恐怖份子一樣。」倪宸睇了大熊一眼。

這時，有個西裝男滾進水裡，掙扎著攀在岸上，原本控制場面的西裝男已經一個都不剩，只剩一個老頭依然穩若泰山地坐在那兒。

白棋轉身一看，李桐生站在老人側邊，手裡也提著一把軍刀，刀刃正對著老人。

「哎，等、等等！」白棋幾步跑過去，揪著李桐生持刀的手，「再怎麼說，也不用這樣……」

老人這時笑了一聲，站起身來對著李桐生道：「我沒見過你。唉，那秦小子不知哪時候還藏了你這號人，真是頭疼啊。」

白棋發覺老人駝著背，站起來身高也不過一百公分出頭，那矮身高對比著李桐生，狀況有些詭異地出奇，而且老人看見手下都被打趴了，看起來竟是毫不著急的模樣。

李桐生垂眸看向老人，也沒答話，忽然就把刀子甩到一旁去。

「你就是風長老。」

白棋聽到李桐生冒出一句，語調淡淡的，比起猜測，比較像是肯定。

那老人又一笑。

「小子眼力挺好。」

「我認出了你的獨眼權杖。」

李桐生這一說，白棋不由自主朝老人手裡的楞杖瞄一眼。

這一看不得了，那抵在老人掌心的楞杖頭，赫然是一顆白濁的眼珠。

第十五章　獨眼權杖

看到白棋臉色驀然刷白，老人嘆了一氣：「你這小子，膽子比起別人真是遜色不少，秦小子當真挑你去九龍城嗎？」

老人一口一個小子，聽得白棋有些糊塗。

白棋指著柺杖，問道：「那是真的？」又問：「您剛剛就提到九龍城，那是哪裡？您說的秦小子難道是我秦叔嗎？」

「這是我們部落裡代表最高權力的信物——等會兒！」老人伸手安撫似地擺了擺，「你小子問題很多，之後再一件件解釋清楚好了，現在我沒啥時間，不過我可以先告訴你，不錯，秦小子就是秦清裕那小子，我認識他很久了，他托我多照顧你。」

照顧？

白棋心道剛才好像是同個人要抓他去跟綁匪換人質？

所謂的照顧應該不帶這麼解釋的吧。

「走嘍！架也打了，也知道我們彼此是舊識，就不用再囉哩囉唆，趕緊跟我上山。」老人催促道，手邊的獨眼柺杖在地上扣扣敲了兩聲。

「一直嚷著要走要走，是要去哪兒啊？去哪座山？」大熊一臉不耐煩。

「水社大山。」

「水社——真的？那我們出發吧！」大熊立刻改口。

這舵轉得真順風。

白棋一驚：「你態度也變太快了！」

大熊走過來對白棋勾肩搭背，說：「不是，我的小老闆，你要知道，水社不是每個人都能去滴，而且看這老人的樣子，總不是請你上山去吃吃山豬肉而已，肯定有什麼非去不可的理由嘛，走啦走啦。而且不是說了，秦老闆跟這老人認識，嗯？」

但我從沒聽過秦叔提起這位老人家啊，白棋悶悶地想，他還得研究研究轉頸瓶的祕密，何況剛才水底那張女臉，是怎回事也還沒得出個結論。

老人又喊了一聲「走嘍」，道：「你把我的人都打個半死不活，看來是沒人可開車了，你小子看來駕駛技術可靠些，你當司機。」老人指著大熊。

「行！」大熊一口答應。

白棋想不透為何大熊忽然一臉諂媚樣，難道大熊之前就很想去水社大山？他又瞧了瞧李桐生的反應，李桐生回望過來，神色很平靜，似乎對大熊的提議沒有意見。

就在感覺差不多可以成行，老人也注意到一直待在電腦桌前的年輕人倪宸。他衝著倪宸喊：

「你，白大掛小子也一道去。」

倪宸抬起頭來，「啊，我就免了，我的工作已經完成，差不多該領錢退場……」

大熊故意學起老人的語調說：「你小子研究出個什麼東西之後就想跑嗎？不說說給大家分享一下？」

倪宸還是一臉平平淡淡的，「還沒得到什麼結論，不過確實有些發現。」

「怎樣？剛就見你對那兩個採樣瓶的水看得目不轉睛。」

「因為這次帶回來檢測的水質跟先前有很大的不同。」倪宸把電腦螢幕扳過去，讓其他人都看見。「這次的水質非常乾淨，幾乎沒有微生物存在，除了部分可能混雜到其他水域的雜質。其中所包含的微量元素比例也非常低。」

白棋盯著電腦螢幕，只見一片白白藍藍顏色相間，像是雲又像是什麼水滴的圖，那透過顯微鏡顯示的畫面，他根本看不出個所以然，只好提起求知欲提問：「所以……有什麼關係？」

「普通地下水不可能會有這麼純淨的品質。這些水質的數值與存在方式，依我的印象，全球只有一處有類似情況。」接受白棋滿是詢問的眼光，倪宸緩緩道：「——那就是挪威的海底墳場。」

墳場兩個字直接竄入白棋耳膜，讓他立時聯想到水底那張女臉。

「怎麼回事？」

大熊忽道：「哦，你說那個海底墳場？我聽說過，前幾年本來也想去掏個寶，據說那裡也有不少沉船，價值不斐。」

白棋心裡正猜著那什麼墳場的難道也是個寶藏地？

倪宸已接著說道：「十三年前在挪威有座半島海岸，被發現象是百慕達一樣，在那海域戲水的人沒一個回來，連屍體也找不到，後來官方沒辦法，只好請美國派海底調查船去看，這才發現海底水流強勁，有一道潛流在水下，把所有入水的生命一併捲進水底，而那水流的強度幾乎連調查船也抵擋不住。船身好不容易穩定，他們才驚覺所有跳入水的人都順著這道水流在海底旋轉。奇怪的是，那些屍身都沒有腐爛的跡象。」

白棋想這則新聞他好像曾聽過，但沒太注意，所以沒什麼記憶，「你說屍體沒腐爛，是因為水質？」

倪宸點頭道：「經過檢測，那一部分水域的水質非常純淨，幾乎不含任何微生物與細菌，水溫又低，因此屍體不會產生腐敗。不過——」倪宸沉吟道：「挪威那裡是因為身處寒暖水流交會，所以能產生非常強大的漩渦，雖然那些乾淨水源的成因還不明朗，但推測跟寒暖流交會的條件密切相關。可是我想不通的是，日月潭下方也有兩股水流嗎？」

看見倪宸這般認真思索，白棋在猶豫要不要把看到女臉的事說出來，若依照倪宸所述，他猜水底那女臉說不定就是受困在水流的女性屍體……

這時候倪宸恍然大悟似地，稍稍抬高音量說：「我想到了！原來是這樣……是岩漿水啊！」

大熊怔然道：「岩漿水？你說火山水？」

「對，臺灣在板塊交界帶上，那些海底火山雖然活動頻率低，但經年累月還是有存活的跡象，火山岩漿形成的熱水，在臺灣底部往上湧，跟引進濁水溪的日月潭冷水交會，結果造成了這種純水。真是……這真是令人意想不到！」

「可是有這麼簡單嗎？姑且不論岩漿水的動能，日月潭的潭水能形成一股沖力造成潛流？」大熊這一說，倪宸顯然也無計可施地聳了聳肩。

這些都需要繼續查證才能說清。

「你們還要琢磨多久？我都快要打盹了。」那老人這時插話進來，「你看你們要自己瞎琢磨，還是跟我風老上山聽我講來龍去脈，趕緊決定，如果你們不跟我上山，那也無妨，我再喊人來抓就是，反正我孫女在那幫歹人手上，我總得照對方的意思走。」

倪宸聽了，說道：「既然這樣，你們就出發吧，我去了也沒用，就待在這裡把秦老闆的事情辦好。」他悄然看了桌上的採樣瓶一眼，剛才分析的水質，用的是大熊的採樣瓶，可白棋的採樣瓶裡，還有一截看似頭髮的物質，他原本不以為意，沒想到放到顯微鏡下，赫然察覺那是具有生命的微生物。

他對此來了興趣，而且決定暫且隱瞞這項詭譎的發現。

「好吧、好吧，走嘍！」老人杵著楞杖，悠悠地走了出去。

白棋在心底疑惑著，這位風長老說孫女被綁架要捉他去換，到底是在開玩笑還是認真的？

第十六章　巡山隊的內幕

張寅一路追蹤黑色休旅車的車牌到了南投日月潭附近，預備求助當地派出所搜尋監視畫面。他身為北刑大的人，到了其他轄區，算是有求於人，理當自降一階，不好擺出隊長的譜。就在他稍微感覺自己未免氣昏頭，應該多帶幾個人手過來幫腔，手機忽然接到一通隊員來電。

「隊長，你在哪裡啊？我們找你老半天了。」

張寅把手機拿離耳邊，看了一下螢幕，果真有好幾通未接通知，看來是剛才專心找路，沒注意手機震動。

唉，沒辦法，他不熟南投的路。

他重新接起電話：「漏接了，怎麼，我讓你查的有結果沒？」

電話那頭傳來支支吾吾的聲音：「關於這個啊……隊長，剛才上頭傳來消息，那個當鋪商業公會理事長的案子，已經決定改為強盜殺人來偵辦，所以也不用找那位叫做白棋的嫌疑犯……」

「開什麼玩笑！」張寅立馬吼了出來，「那場面怎麼看都不會是強盜殺人吧！你會故意闖進一間滿是監控的拍賣會場當強盜嗎？還殺人？」

「我當然不會選那種地方……」似乎意會過來哪裡不對，那生嫩的聲音連忙改口：「不對，我不會殺人！不……不是啊，隊長，事情不是這樣啦！」

張寅沒好氣地說：「好，我聽你解釋。」

「現在已經決定把那位白先生列為重要關係人，但並不是嫌疑犯，所以沒有強制力可以拘捕他，你明白嗎？隊長，希望你趕快回到局裡，我們正在過濾一些有前科的強盜犯。」

「那是誰說的？」

「什麼誰說的？」

「強盜殺人。」

「是上面決定的啊。」

「哪個上面？大隊長嗎？」

「嗯……再上面一點。」

張寅皺眉，「局長？署長？」

「呃，其實我也不知道啦，總之在這裡的每個人都接到消息了，然後局長讓我通知你。」

張寅嘖了一聲，他平生最看不慣那些坐辦公室的老傢伙們對他的偵察指手畫腳，何況依據秦清裕的死亡現場，擺明了就是一樁謀殺案，而且還是非得致人於死的作案手段，這時候把偵察方向改成強盜殺人，究竟是何用心？捉再多強盜犯來逼供對案情根本毫無幫助，上面那些人到底在想些什麼？

「隊長？你有在聽嗎？——咦，隊長，為什麼你的ＧＰＳ在南投啊？」

「咳咳……」張寅輕輕鬆鬆把問題解決，「當然是因為我在南投啊，笨蛋！」嘟的一聲，他把電話掛了。

耳邊又恢復成滿是登山客嬉鬧的聲音。

張寅試圖解決目前面對的這個困境。

第一，他被迫回臺北，但他不想，因為他直覺破案的關鍵在白棋身上，想想，若是白棋跟此案毫無關連，為什麼還要跑走呢？到局裡把話講開不就好了嗎？

第二，這裡不是他的轄區，他沒有指揮權，當然叫不動這裡的員警幫他辦案，加上這件案子已經通過上級指示，把白棋這號人物摒除在嫌疑犯之外，他如果說他要把白棋從這裡揪出來，似乎沒什麼正當的理由……

張寅拿起手機，撥通電話。

鈴鈴鈴……電話被接通。

「隊長，既然你要掛我電話，至少堅持五分鐘吧。」

「你是小鬼嗎？不要賭氣了，趕快告訴我那台黑色休旅車的最後位置。」

電話那頭沉默片刻，接著說話的聲音變得有點悶，聽起來像是用手遮住嘴巴在講，「隊長，你這是要拖我下水嗎？我很為難呀……要是被發現的話，我……」

「快說。不然我告訴你女朋友，你上次跟流鶯眉來眼去。」

「這是污衊啊！隊長！這是污衊！我只是在幫她做筆錄而已。」

張寅得意地冷笑道：「女人才不管這些咧。快，我沒時間跟你耗了。」

「真是的……要是被人發現我查這些，我要直接跟別人說是被威脅的喔……」

「順利」查到黑色休旅車的車牌最後出現在水社大山登山口的停車場，張寅立刻出發，他心想白棋跟那個假裝出國的傢伙可能是打算逃到山裡躲藏，必須趁他們藏進深山之前逮到人不可。

車子越接近風景區，前進速度越慢，張寅直奔登山口旁邊的觀光管理室，要求調閱監視器。當老邁的管理員發現張寅的刑警證標示著臺北所屬，忍不住問他怎麼跑到這裡辦案，張寅簡單說道：「來支援的！」希望這位老伯不會打電話到附近的派出所求證。

他在停車場的監視器畫面找到了那輛黑色休旅車，趕過去時，引擎蓋還是微溫，顯示對方離開此地應該還不超過一小時。

那處停車場有個六號樓梯口，張寅循線找監視器，發現白棋等人在四十分鐘前通過登山口。再來拍到的畫面是十餘公尺後的步道路口監視器，這就是最後能掌握白棋行蹤的畫面了，接著再過去的登山步道，並未設置監視器。

張寅買了兩瓶水跟饅頭，打算跟著上山抓人。

管理員老伯道：「剛才我發現，你要找的那個小伙子跟在我們登山嚮導員的隊伍後頭，你遇上的時候或許可以問問，說不定他會注意到。」

「好，感激不盡。」

張寅道謝後就獨自一人上山。

由於沒怎麼打算耗在這兒，張寅一開始就卯足全力往上爬，很快超越了一些邊走邊拍照的觀光客。

他不得不承認，如果來這裡休閒確實非常心曠神怡，空氣好、風景優美，可惜他有事在身，頓時感覺步道階梯長得累人。

追上管理員老伯所說的嚮導員，已經是五十分鐘後的事，嚮導員帶的團正在三公里處的涼亭拍照留念。

張寅氣喘吁吁上前詢問，嚮導員露出熱心的笑容：「噢，您說他們啊，我記得喔，因為還帶著一位感覺年紀頗大的老人家，所以我特別有印象。」

「是一夥的？」張寅喃喃道。

在步道監視器畫面拍到白棋的身影，是跟在一位拿枴杖的老人後頭，張寅還以為那個老人家跟白棋沒關係，原來是一掛的！是來到這裡會合的嗎？

他接著問：「那他們往哪裡去了？你知道嗎？」

嚮導員忽地露出疑惑的神情，「警察先生您也是從同一條步道上來的嗎？我敢保證他們還沒超過我們這一團。我以為他們到半路就提早休息。您剛才過來沒看到嗎？」

被這麼一問，張寅還真愣住幾秒，最後反覆搜索剛才擦身而過的登山客，確定沒見到白棋的臉，而且開休旅車的那傢伙身材壯碩，他若路上看見，絕不可能看漏。

這麼說只剩下一種可能了——

那夥人在中途真的轉了向，逃到山裡頭去了。

張寅暗罵了聲可惡，急忙問那正在列隊的嚮導員：「你記不記得最後看到他們是在哪個距離？」

「當然記得囉。」嚮導員自信滿滿地說：「因為我都要時刻注意團員們的動向嘛。雖說他們不是我的團員，呵呵！」張寅很想讓他有話快說。「大概在兩百公尺那附近，我再來就沒看見他們了。」

得到想要的訊息，張寅隨即掉頭往回走。

這條步道每經過一定距離，旁邊欄杆都會有標示牌，這讓張寅想起前女友家裡那台跑步機，儀板上總貼著她想減掉的公斤數，倒也跟這些標示牌一樣一路遞增。

回到步道兩百公尺處，他環顧左右。

步道以外全是茂林，人要是真躲進這山，憑他一人之力如何能尋？

就在他陷入苦思，他驟然察覺步道柵欄外頭有一灘餅乾屑，這要換做平時，他不覺得餅乾屑有哪裡奇怪，但他腦子裡直覺聯想到把白棋接走的那個傢伙，送給他的那包臺灣製加拿大特產。

「……」張寅想起那傢伙的笑臉就覺得滿心不爽。

雖然心情不好，但依然翻過柵欄，想著會不會真是那傢伙留下線索，果不其然，在三步左右的距離，他又在樹根處看到一塊完整的餅乾。

陷阱嗎？

既然是把白棋接走的人，何必再留線索讓他去追捕？說起來，會知道載著白棋的休旅車到南投，全是因為那傢伙闖了紅燈留下違規檔案，要不是這樣，要搜索車牌還得花費一倍以上的時間。

怎麼回事？

……想到最後，張寅覺得有可能是那傢伙要通知同夥，只不過訊息被他看穿而已。沒辦法，他太聰明！張寅一邊跟著餅乾走，同時感覺自己像追著糖果屋姊弟的麵包屑走一樣，有點滑稽。沒有經過鋪平的山路，走起來果然比較吃力，不僅腳會陷在潮濕的泥土裡，還有成群的黑蚊子盤旋在側。

張寅迅速撥開遮掩的樹枝，同時留意附近的動靜。

他不想驚擾到蛇，引來什麼不必要的麻煩，不過最重要的是他不想跟對方在這種深山展開追逐，最好的結果是，他無意間繞到那夥人身後，威嚇他們跟他下山到案說明。

就在張寅經過不知道第幾片餅乾，他隱隱聽見人聲，立時激起他的警覺心。

在這山裡，連樹葉沙沙聲似乎都給放大。

張寅悄然往前，躲在樹後，就在前方不遠處看見有兩位男性拿著無線電正在通話，他聽了一陣，無線電的聲音聽不太清楚，可仔細一瞧，那兩人身上穿的正是巡山隊的制服。

張寅當場感覺找到救星了，他跑了過去，出聲道：「不好意思！想跟你們打聽一件事。」他同時拿出刑警證。

那兩人轉過身來，看見張寅時明顯露出詫異的神色，張寅心道不必這麼驚訝吧，他又不是住在山裡的野人。

「想請問一下，你們有沒有看見一夥人，男的，兩個年輕人，一個老人，年輕人有一個長得挺高大，一個看起來斯斯文文的……」

越說，張寅覺得越奇怪，眼前這兩人看似並不在意他的說詞，面面相覷時，透出打量的目光，他的直覺告訴他，或許事情不如他想的那樣順利，剎時，其中一人猛然就揮來一拳！

張寅堪堪躲過了，想都不必想，馬上還以顏色。

頭一個還好解決，一記勾拳就倒了，另一個動作較為敏捷，閃過好幾招，竟自己絆到樹枝跌倒。

張寅露出勝之不武的鄙夷神情，把那人的皮夾翻出來看，看到巡山隊的證件，證實了他們的身分。

但巡山隊的人何必攻擊他？

張寅感到納悶，無意間又在巡山隊證件的後面，翻出了南投縣巡警的證件，看得他怔了幾秒，他不信，又去掏另外一個人的皮夾，果然也找到一張縣警的證件。

這兩人居然是警察啊！

怎麼搞的？現在警察也兼任巡山隊？

不對，此刻應該考慮的，是這兩位攻擊同行的理由吧。

張寅一頭霧水，而且連霧是哪裡來的都不知道。

地上，那兩人的無線電斷斷續續傳出雜音，他彎腰去拾，想聽清楚那些人通訊什麼內容，不料剛抬頭，猛地後頸一疼，無緣無故昏了過去。

一個同樣穿著巡山隊制服的人影在張寅身後出現，不知埋伏多久，終於抓到機會制伏對方。

他看著張寅的臉，對比著手上小型ＰＤＡ所顯示的大頭照，確認是張寅本人無誤，便露出了愉悅的笑容。

「現在呢？人要怎麼處理？」

又有一個人從樹後現身，但這人沒有穿著制服，而是個皮膚黝黑、輪廓極深的健壯男性。

拿著PDA的男人說：「是吶，這是個很不聽話的傢伙，老大也沒有明確指示找到人之後該怎麼辦比較好……」

「這樣的話，就交給我吧，你知道我們善於處理這種狀況——」頓了一頓，那人繼續說：「也為你們處理過很多次了，不是嗎？」

男人笑了兩聲，表情顯得非常狡猾。「唉呦，我什麼都不能回答你，不過還是先跟你道謝了。」

答應處理掉張寅的男人輕而易舉把人扛到肩頭，像扛米袋那樣，接著一言不發地，往罕無人跡的山腹前進。

第十七章　無名部落

白棋本以為車子會停在遠離人群的地方，沒想到就在水社大山的登山口停車場。

這光明正大的陣仗，說是綁架有誰會信？別人看見只會以為他是帶著爺爺登山健身的好孫子吧。

「跟著走，別亂晃。」

風長老施然道，神色自若地領在白棋身前。

開車的大熊替自己的座車上好電子鎖，一臉萬事俱備的表情，拍拍白棋的肩頭道：「不用害怕，小老闆，爬山而已。」

白棋想說他沒在怕，只是有點莫名其妙。

李桐生也默默跟著，這人照樣壓低帽簷，閃躲著旁人的注意前進，白棋忍不住走在他身邊，心道現在還好是冬天，日頭不大，否則依李桐生的生理條件恐怕就不利出行了。

混在一堆登山客裡頭，他們的行動並不突兀，而且他們還帶著尋寶的工具跟行李，全裝進背包，順其自然走在登山步道上，只是感覺彼此沒有其他人熱絡。

白棋一步一步跟在風長老後頭，不由佩服這老人家老當益壯，腳步挺穩的，也不見呼吸紊亂，相比之下他都覺得有點疲憊。
到了步道兩百公尺標示處時，風長老忽然頓下腳步，退到步道柵欄邊，說他想休息。
一行人也跟著停下來。
大熊從背包拿出餅乾，邊嚼邊說：「好歹裝個自拍還是聊天什麼的，這裡又沒風景，停在這裡多奇怪。」
「風長老在休息啊……」
白棋一說，大熊回嘴道：「你看他哪有需要休息的樣子？我猜這路他都不知走上幾百回囉，等等該是還有更難走的，小老闆，你得挺住。」
「說什麼呢，我又不是手無縛雞之力的弱女子，不用一直提醒我吧。」白棋嘟囔。
「好嘍！」風長老忽然說了一聲。
白棋一轉頭，便看見風長老跨過柵欄，加快腳步往步道之外的山林裡去。
他嚇了一跳，是大熊拍著他的後背，說道：「別發愣了，趁現在沒人，快跟上。」他才領悟過來，原來剛才風長老是在等沒人的時間點以便行動。
他跟李桐生一起翻過柵欄，走沒兩步，就聽見後頭大熊「啊」了一聲，回頭一瞧，原來是大熊手裡的餅乾不小心翻了一些出來。
「哎，別破壞自然環境啊。」白棋逮到機會揶揄他。
「沒事沒事，這能當養分呢，快走吧，有人要經過了，別給發現。」大熊笑嘻嘻道。

白棋剛打算繼續走，就看見李桐生沉悶地盯著大熊看，那神情嚴肅到有些異常。白棋問他：「怎麼了？」李桐生搖搖頭，又再度把表情埋入帽子陰影裡。

明明才遠離登山步道沒多遠，白棋就感覺空氣聞起來都不一樣的滋味了，帶有一種潮濕的、新翻泥土的顯著氣味。

周遭的植物生長得非常茂盛，樹蔭蔽天，蕨類像野草一般遍地都是，能見到的石塊都像浸了水，蒙著一層水霧。

白棋小心看著地上走，那土裡都是大隻的螞蟻在鑽動，被這種螞蟻咬一口，都得癢上好幾日。

「小心別踩著蛇。」

風長老吆喝一聲，又帶頭貓入一道矮樹叢裡。

聽到警告，白棋愣了一愣，還是用手壓開樹叢跟了過去。

這次腳一踏地，明顯能知道底下坡度不一樣，比之前要陡得多。白棋往前找風長老的身影，已快要隱沒在與肩齊高的草裡頭。

又走了大概三、四十分鐘，腳下的地長滿了苔蘚，又濕又滑，白棋幾次穩穩走著也差點拐到腳。

這些年實在沒怎麼鍛鍊身體啊，白棋心想，他光是坐在椅子上算帳就已經夠累了。

他又往身後的兩個同伴看過去，李桐生一聲不吭，走得四平八穩的，而大熊一見他轉過臉則擺出一個鼓舞般的微笑應對他，臉上燦爛得像灑滿了陽光。

白棋很不擅長應付這種笑臉，那笑臉大概就是稱做熱情啊、或幹勁一類的東西……腦子胡思亂想時，他似乎察覺腳邊有什麼晃過，低頭一看，赫然是條黑白相間的蛇，嚇得他倒抽一口氣彈跳起來，差點撞倒身後的李桐生。

「呦，您跳的這高度可以去申請金氏紀錄了！」大熊調侃道。

「……」白棋想找個詞回嘴，偏偏那蛇還慢悠悠地從他們眼皮子底下溜走，若是牠忽然攻擊起來，白棋還能說這是為了躲蛇咬人，不過這蛇很不給白棋面子。

「哎！快來嘍！」風長老在前頭叫道。

一見三個後輩跟上來，風長老用枴杖指著白棋，「我累嘍，你背我唄。」

「我還想你腳力好哩。」大熊自告奮勇，朝風長老過去，「我來背吧。」

「去去。」風長老啐一聲，「不要你。」

大熊吃味地說道：「好吧，你不怕走得慢，我沒關係。」

「我可以，我來。」白棋賭上了面子，湊了過去，矮下身讓風長老可以搭到他背上。

這路走不到幾百公尺，白棋的呼吸開始急促起來，倒不是背了一個人的關係，而是那高山的空氣較為稀薄。

風長老卻像興致來了，蜷在白棋背上聊起天來：「小子，你跟秦小子是啥關係？」

白棋掂量著該怎麼說比較好，「我在秦叔的鋪子裡工作。我父母走得早，秦叔便收留了我，我當秦叔是我的再生父母。」

「哦……」風長老的語氣裡頭像是透著玄機，隨後又道：「這回秦小子出事，你有什麼感想沒有？」

白棋一聽，心裡頭頓時不太痛快。

以為是讀書嗎，還講心得感想？他現在只想把秦叔死去的事情暫時遺忘，好做完他該做的事。

他扯扯嘴，按捺心底一股難受的情緒，道：「我會給秦叔討個公道。」

「公道？」風長老不知想到什麼，用一種滿不在乎的口氣說：「這圈子就沒個公道。」

白棋還想問風長話裡的意思，就見臉左邊探出一根手指，指著幾步距離外的山壁：「到那兒。」

不過那山壁爬滿樹藤，看不出有路的樣子，白棋心道該不是有密道或山洞之類，果然風長老就讓他拔開藤蔓，那裡有一道山縫，呼呼地滾著風，通道大概就一個成人的肩膀寬，隱匿在樹藤下倒不容易發現，尤其裡頭還黑漆漆的，看不見出口。

大熊看了說道：「這要不是有人領路，繞一輩子也不會發現。」

「走。」

風長老像騎馬似地敲敲白棋的背，白棋只好稍微側一點身子，好從山縫塞進去。

實際走進去才曉得不太好通行，光線晦暗不說，腳下全是坑坑疤疤的石子，稍不注意就站不太穩。

白棋的手臂不時擦到山體，肩膀給一撞，才曉得要轉彎，他挺擔心頭上的山體突出一塊，要是迎面撞上，那場面可有點糗。

背上的風長老這時稍微動了動，白棋好心道：「長老您沒事吧？」風長老應了一聲沒啊，白棋就不疑有他繼續往前走，殊不知有隻拇指般大小的蟾蜍從風長老的兜裡跳出來，一探到白棋的後頸，無聲無息地咬了一口。

這蟾蜍在出山縫的時候被李桐生窺見，翻肚死在腳邊，他不由往白棋方向凝望，猶豫片刻，方默默跟上隊伍。

走出山縫，又是一片綠景，白棋心裡推敲這條山縫總長大概也就一百公尺，只是短距離裡拐了幾個彎又沒光線照明，這才走得慢。

白棋本以為還要再爬一段山路，早早在心裡做足準備，小腿肚已經發酸，果然久沒運動整個人體力都不太行了，風長老這時卻像天賜福音那樣，說：「已經到嘍。」

白棋忙往他的目光順過去看，那裡又是一道山壁，只不過沒有藤蔓，竟有三條跟拔河專用一般粗的繩子，垂吊在那。

「上頭就是部落啦。」風長老提醒道：「可不是每個人都能來的，你們三小子悠著點。」

白棋聽見大熊喃喃道：「沒想到就在這裡……」

莫非大熊先前就想來這裡？

難怪之前答應得那麼爽快，完全不過問他這個「準肉票」的意見。

白棋往那繩子走去，懷疑著繩子那頭到底綁在什麼東西上，還刻意抓起繩子頓了頓，就怕來場高空彈跳。

這高度少說也有三層樓高，摔下去可不是鬧著玩的。

風長老催促道：「快走啊，瞎磨嘰什麼呢，又不是在考慮婚姻大事。」

白棋心道我婚姻大事也沒這麼猶豫不決，轉頭一看，大熊已經扯著繩子，兩三下爬了上去。

大熊壯歸壯，動作竟也靈敏的很，兩手揪著繩子，雙腳蹬向山壁，身體一縱，就像電視裡頭的特技演員一樣向山上攀去。

不到幾秒鐘，大熊就爬上去了，神清氣爽地站在上頭仰視其他人，「哎，小老闆，不如你把繩子繫在腰上，我拉你上來算了。」

原本白棋沒什麼鬥志，這一聽，連火氣都有了，便賭氣似地抓住繩子，想像自己跟武俠小說的人物一樣提氣往上飛。

不過現實沒想像的完美，白棋才剛踏著山壁想往上蹬，手心捏著的繩子就滑了，硬生生磨了十幾公分，疼得白棋齜牙咧嘴。

李桐生在下面喊道：「身體別打直，腰弓一些。」

白棋便試著照做，果然順利不少。

大熊在上頭觀察白棋，見得這幕不由笑著吹出一聲口哨，當作讚許，卻猛然察覺身後有人接近，一轉身，一位有著銅色肌膚、面廓深刻的壯漢無聲走了過來。

大熊心想要是跟這人開打，恐怕也占不到多少好處，那人似也得知大熊打量的目光，回視一眼，卻沒糾纏下去，只在白棋那道繩索上頭候著，伺機先將風長老接過去。

忽然出現的壯漢雖叫白棋吃驚，但看風長老沒有說話，他猜可能是認識的人，便先等風長老踏著他的肩頭往上，之後才跨腳往上爬。

這腳一踩到地，白棋心裡頭總算踏實了些，緩過氣來時，才發現李桐生不知哪時候也已經爬上來了，面無表情地盯著那壯漢。

風長老對那壯漢道：「達拉哈有消息了嗎？」

「還沒有。」

那壯漢的聲音極低，像砂石車刮過路面似地沙啞。

「哼，早說讓你們趕快成婚，省得那娃兒整天想著下山去參加什麼鬼明星的演唱會，被抓走也是活該。」

聽了風長老的埋怨，壯漢沒說話，低著頭，一臉代人受過的模樣。

不過這話倒讓白棋瞭解了一些什麼，如此說來，風長老的孫女叫達拉哈，是在溜下山享受影視文明的時候給綁架，而這壯漢可能就是她部落裡的未婚夫或仰慕者一類……

白棋不知道若有幸見到達拉哈小姐，是不是該提醒她追星得注意安全。

風長老稍稍出了氣，接著對白棋三人說道：「人質要有人質的樣子，捆起來。」剛說完，那壯漢就提著繩子逼近。

白棋訝道：「不用這樣子吧！長老。」

「誰曉得那群人收買了部落裡的誰，不然怎會知道我孫女哪時候下山？如果看到你們像給作客一樣迎進村子，他們就會警覺，我不想冒險，還是捆上比較好。」

見風長老前因後果說得通順，白棋一時間竟也無可反駁，大熊跟李桐生自然也跟著他們這小老闆的意思「束手就擒」。

白棋在心裡嘆息一聲。

手腕被綁在身前，一行三人都被那壯漢牽著走，他們穿過一小片林子，很快看見一座桃花源般的村落出現在眼前。

第十八章　靈廟

這部落最神奇的是，籠罩在整個部落上空的巨大樹冠，白棋無法一眼分辨那是如何形成的，但他確定至少得花費上百年。

粗壯的巨樹盤在部落周圍，如列柱聳立，它們上層的樹枝交叉相疊，讓白棋聯想到有些觀景盆栽故意把樹杈捲成麻花形那樣，眼前所見類似如此，只是這些樹木大到難以言喻，而屋瓦跟人們就在樹下，跟頂上的巨樹相比活像一隻隻螞蟻。

這位處水社山頂的部落，不可能多年來都不被發現，在政府的空照圖下肯定一覽無遺，但白棋直覺猜測正是這樹冠起了作用。

白棋一度看傻了眼，等那壯漢扯了扯繩子，他才邁步跟上。

走進這部落，迎面全是五官輪廓極深的居民，看得出有山地同胞的血緣。

他們見到外人，紛紛投以一種新奇的目光，白棋能感覺他們眼裡的驚異不亞於對方。不久，到了一處看似廣場的地段，風長老頓下腳步道：「阿烈，把他們先關進靈廟。跟那夥人約的是幾點？」

原來那壯漢叫做阿烈。

白棋聽阿烈用著簡潔的字句回答：「七點。」

風長老看了一眼天色，喃喃道：「還一個時辰啊……」就這麼說著走了。

但阿烈並沒有讓他們跟上，相反地往廣場另一頭走。他們來到顯然是部落邊緣的區域，那裡已經沒有屋瓦了，有一扇看似嵌在樹洞上的門，白棋看見門上有一道幾何圖形的紋路，畫得像水波、又像雲霧，他來不及看仔細，已經被推進門內。

「風老說，希望你們能好好待著。」

壯漢阿烈交代一句，隨即把門關上。

白棋本以為會被關在監牢那樣的密閉空間裡，結果竟是一間寬敞的房間，而且裡頭還有一條走廊可以通往內部。

樹洞的內部怎會如此寬闊？

白棋只覺心裡的疑惑越來越多。

「那老頭是不是犯老糊塗了？到底把我們關到這裡想幹嘛？」

大熊說著，已經從腰間拿出短刀，割開繩子。

就算手臂綁緊，但既沒有繞到身後，雙腳也沒有限制住，他一點也不覺得綁起手來有什麼意義。

「我覺得他應該沒有想加害我們的意思。」白棋道，接著伸高雙手，想讓大熊也割斷他手腕上繩子，「幫個忙。」

這時候李桐生也輕鬆把繩子掰開，像練過什麼逃脫術，已然站起來研究這個地方。

白棋看見，不自主自己也想要個帥，可扯了幾下繩子還是沒扯開，想不到阿烈綁得還真結實。大熊露出明顯寫上「你很麻煩哎」的表情，道：「別逞強了，哥來就好。」說著就一刀把繩子割斷。

白棋摸了摸自己差點扭傷的手腕，充分理解他的經歷好像不太適合這趟冒險。

不過他並未感到沮喪，只是覺得自己得倚仗這些同伴，接下來遇事都得冷靜處理才是。

這地方大概五坪大，上下左右全是白色一片，門旁邊吊了一盞古老的油燈，但屋內卻顯然超出一盞油燈的亮度。

白棋盯著牆看，忽然意識到這件事，連忙掏出高倍率放大鏡，貼在白色的牆面觀察。

大熊見狀道：「怎麼，一面牆也這麼有興趣？」

「不是普通的牆……」白棋語中帶著些微發顫的驚訝，「是水晶！」

大熊又笑了笑：「水晶有什麼稀奇，價碼不高。」

「普通的話確實不稀罕，可是這裡全是水晶喔。」白棋展臂道：「我看不到接縫，證明這是一座水晶洞，不是故意搬水晶過來當裝潢的。他們開挖了一個水晶礦藏……」白棋忽然歪頭問道：「這地方拿來關犯人是不是有點浪費？」

不愧是平日都在搞寶石鑑定的，原來在意這個啊，大熊心說，山下的人們跟政府都沒有發現這個部落，他們想把這水晶洞當茅房都行。

「剛那老頭不是說什麼『靈廟』的？就是這裡吧？」大熊環顧周遭，拉了拉門把，確認外面被上了鎖。「我們到裡頭去瞧一瞧。」

這風長老沒想真正困住他們，卻又把他們關在這裡，是什麼用意？

大熊直覺他們只能進到這條通道裡面去才能曉得。

他們經過這條狹窄通道，立刻感受到不一樣的氣氛。

通道另一端連接著一間大廳，第一幕映入眼簾的，是黃銅色的祭祀台擺著一具青綠色的雕塑，距離雕塑最近是兩盞薰香燈，煙還挺香，然後是鋪成絨毯狀的花朵。

那雕塑遠遠一看，似乎有張人臉，但體態卻像條魚蜷縮起魚尾的樣子。

白棋湊近一看，發覺那人臉實在太猙獰，像極了地獄來的惡鬼，雙眼爆突，還長著尖牙，他不敢直盯著看太久，於是視線往下挪，從魚身上窺見了像是四肢的肢體，竟是從魚腹長出來的！

是這個部落的守護神嗎？白棋心想，各地區有不同的祭祀對象，印度都在供奉老鼠了，只要這雕塑的對象實際不在泥巴裡滾，看起來確實有幾分古神獸威武的感覺。

「不知道這叫什麼。」白棋嘀咕道。

「陵居。」

忽然聽到李桐生的聲音，白棋一時沒反應過來。「鄰居？」

李桐生解釋道：「丘陵的陵，居住的居。」他手指比了比那雕塑，「那東西。」

白棋想了想，恍然道：「哦！它叫陵居？嗯……是指可以居住在陸地上的意思嗎？」

李桐生的表情沒白棋那樣驚奇，只淡淡道：「可能吧。」

白棋覺得奇怪了，「你怎麼會知道它的名字？說起來——之前你也認出風長老手裡的枴杖，那個有著人眼睛的。你之前來過這裡？」

這一問，沒等到回答，李桐生反而別開了目光，白棋心裡直呼「漠視我也不要這麼明顯啊！」臉上已經抽著嘴角在乾笑。

算了，對方是個比自己小九歲的孩子，他認真計較起來豈不是給別人看笑話？這點度量他還是有的！

幸好這時候大熊大喊道：「小老闆，你們看這是什麼？」

大熊已經拿出手電筒在照。

他們現在進來的這地方沒有打燈，但周圍的水晶牆可以看出經過精細的雕刻與磨光，能讓祭祀台上的燭火互相反射，眼睛適應這種光線後，不至於說太暗。

白棋的注意力被吸引了過去。

手電筒的光線把眼前的圖騰照得更清楚，那是一幅刻在水晶牆上的圖，內容是一個女人被——白棋在想他該用「淹沒」還是「潛入」——水底，哪個用來形容比較好？

圖裡很明顯可以看出是一座湖，水面下的裸體女人沒有表情，卻有著凌亂的頭髮與四肢，湖面上在下雨，細雨紛紛，可天上有著一枚盛大的太陽。

大熊推敲道：「根據我的經驗，壁畫啦、浮雕這種東西，不會無緣無故被創造出來，肯定代表著一份事實。可這畫裡說的是什麼事？」

「別看我，我初來乍到，怎會曉得什麼。」白棋的目光重回這幅雕刻，忽然，像是察覺什麼，忙對大熊擺手道：「別動！」

大熊立時動也不動，「幹嘛？別跟我說有蛇。」

白棋沒理會大熊的玩笑話，把他手裡的手電筒拿了過去，光線抬高了點，在那雕刻上照了起來。

「你們看！」白棋道：「這雕刻有光影變化，稍微挪動一下光線……」

他把手電抬高，大熊也感到有點奇異地附和道：「圖案變了！」

這次的圖案多出了幾件東西。

首先是女人的身體底下出現了一道裂縫，白棋以為那是岩石之類的物件，不是，竟是一道門縫，把畫面拉倒過來看的話，就像那女人擋在門前一樣。一點一滴的雨水也有變化，不像落入湖面的雨滴了，反倒像從湖面竄出的一縷縷鬼火。

白棋看到那鬼火的時候，覺得心裡頭不太舒服，可下意識仍想拿放大鏡去照那女人的臉，像是要找尋應證那樣。

等白棋把放大鏡對著女人的臉，右眼湊上去瞧，他猛然跳了起來！

「哇！」大熊差點沒閃掉，否則鼻子肯定給白棋的後腦杓撞歪，「以後提醒我別站在你後面。」

白棋連退兩步，表情明顯變了，對著大熊一臉驚恐：「是……是那水底的女人！那個差點把我溺死的——」

大熊「啊！」了一聲，跟著也會意過來，目光往那圖騰再瞥一眼，然而忽然間，這屋子莫名迴盪起「嗚……唔……」類似嗚咽的聲音，讓他們三人都是一愣。

第十九章　協議

「……不是吧！」大熊一臉嫌麻煩的樣子，開始在附近摸索起來。

空氣裡的嗚咽聲斷斷續續，聽得白棋頭皮發麻，最難受的是讓他想起不久前溺水的經歷，那張女臉此刻彷彿就在他眼前鮮活起來。

「在這裡。」李桐生靠近一面牆。

那裡就跟其他牆面一樣，看不出任何異常，但李桐生的手掌在上頭一按，驀然就翻出了一扇入口。

大熊湊上去一看，眼神瞬時垮下來。

「還以為終於有什麼好玩的。」大熊埋怨著，故意向後面不敢直視入口的白棋揚聲道：「風長老今天邀請的客人有點多哎！我懷疑他們的伙食夠不夠。」

白棋稍稍壯起膽子，瞧了那裡頭一眼，接著呼了一口氣。「誰啊？」

大熊笑道：「就追你的那個警察，人家還是分隊長喔！我們可不能怠慢。」

張寅被綁成像稻草人一樣，聽到大熊話中有話，忍不住想教訓一下，可惜他的嘴巴被布團塞住，只能發出嗚嗚的聲音。

可惡的傢伙！想不到會在這裡遇到，難道他們就是躲在這個地方？

張寅在心裡咒罵，等會兒要是重獲自由，肯定給這兩傢伙一點顏色看看。

白棋的目光望著張寅，似乎想從中覺察什麼。

「可是警官你為什麼也會在這裡呢？真是奇怪啊，不久前還在值勤，難道現在就休假了？」大熊用著不太正經的口吻說道。

張寅想說休假個屁，要不是被你的餅乾屑引來，哪會這麼狼狽！

大熊哎呦一聲，道：「真可怕，我快要被你的目光殺死！」接著對白棋說：「小老闆，我們別理他，把門關上，當作沒這回事。」

「等一下。」白棋站了出來，「他就是負責秦叔命案的警察嗎？」

「嗯，好像姓張的樣子。那時候收到老刀的消息我就趕過去了，沒多問。」

「那麼我希望你能聽我說幾句話。」白棋看著張寅，然後動手拿掉他的塞嘴布。

張寅始終用著嚴厲的眼神看著對方，一可以說話的時候，他就說：「白棋，你逃到山裡頭去也是沒用的，乖乖跟我下山！」

「我可以跟你下山，但不是現在。」白棋凝起神色，「而且我這不算逃，我正在解決事情。」

「說什麼鬼話呢！你知道你現在是命案嫌疑人嗎？有嫌疑就該到警察局自白。」

「但是我現在過去警察局也無話可說，因為我根本對這件事毫無頭緒。」白棋問他，「張警官，你現在是懷疑我殺了我秦叔嗎？」

「沒錯。」

「我說兇手不是我，你信嗎？」

張寅哼笑一聲，「所有嫌犯一開始都是這句。」

大熊雙手交疊胸前，「你看吧，小老闆，我看你就別費心思了。」

「不行，我這次上山也是為了搞清整件事，如果張警官執意追查，那麼我可以明白這種心情，想必跟我一樣，想知道事情的真相吧。」白棋盯著張寅道：「請務必相信我，張警官，我不是殺害秦叔的兇手，我也絕不會做出任何傷害秦叔的舉動，我……」白棋頓了一頓，似乎有點難以啟齒，「我現在沒法反駁那些陷我入罪的證據，但我還是得請你相信我。」

張寅冷冷地注視白棋的面容，彼此緘默片刻，他說：「那好，你先替我鬆綁。」

「好。」白棋爽快回答，就要動手去解。

大熊連忙阻擋白棋，「慢著，你好歹考慮一下，你看！」他動手掀開張寅的夾克外套，他們都看見那槍套裡有一把手槍，「你連武器都沒拿走，就這樣放了他，他要是押著你下山，你不是連反抗都沒機會嗎！而且他剛才根本沒說相信你的說詞吧。」

張寅沉聲道：「我勸你別輕舉妄動。」

大熊故意指著白棋，反駁張寅道：「我們善良的小老闆才是輕舉妄動。要是我的話，直接把槍拿走，順便還有個活靶子可以練練槍法咧。」

大熊說話的時候總是輕佻地笑著，讓人分不清到底是開玩笑還是認真的。

「好了，我相信這位警官。」白棋說道。

「相信？」大熊故意裝做驚訝的樣子，「我真的嚇到了。」

張寅瞥向白棋，打量的眼光毫不遮掩，似也在懷疑白棋話中真假。

「不然這樣吧，」白棋客氣地說：「警官，我們定個協議如何？」

張寅沒說話，白棋接著說下去：「我替您鬆綁，但也請您暫且放過我，等我這次行動結束後，我會自己去警局，把知道的一切說出來。」

大熊沒好氣道：「這跟剛才的情況不都一樣？」

「不一樣。這次是約定了，就算只是口頭上答應，也有契約效力，我相信張警官是正直的人。」

張寅沒料到白棋會這樣說，心裡止不住對他懷疑。是作戲？還是真的會這樣替他鬆綁？如果是真的話，白棋這人也太沒防備心了，說實在話，可能還有點蠢。

不過最好的選擇，還是先應和對方，等先取回自由再說。張寅暗下決定，又想不能太隨便，免得被另一個傢伙懷疑，那傢伙顯得精明多了，至於第三個悶在那裡不發一語的人，張寅還無法判斷那是怎樣的人。

「我可以答應你，但你必須告訴我，你在這山裡想做什麼。」

白棋語帶含糊地說：「現在有人告訴我，秦叔是因為擁有一件值錢的東西，所以被歹徒盯上。我打算找到那件東西，引誘對方出現。」

張寅想了想，「所以……這是財殺？」

白棋含糊說道：「大概是吧……」

張寅故意隱瞞警局內部已經免除白棋嫌疑的決定，而且看樣子白棋還不曉得自己已經安全，這對他來說無疑是項籌碼。

「找東西為什麼要上山？那東西在山裡頭？」張寅問。

「對，我正在找。」

「那是什麼？」

「我還不曉得。」

「……不曉得找什麼？你是在耍我吧！」張寅罵道。

「我是真的不清楚，所以必須弄明白。」白棋加強語氣道：「我沒有更多情報了，警官，你答應這項協議嗎？我或許可以請求風長老讓你離開這裡，你是追著我調查而來的吧？」

「當然。」

「那麼只要您答應不讓人上山打擾這個部落的人，我想風長老會願意讓你下山。」

「唉，」大熊在旁一臉洩氣，喃喃道：「我怎麼覺得事情好像越來越脫軌了？」

「警官，你覺得如何？答應嗎？我們互退一步。」白棋又問一次。
張寅表現出為難的樣子，最後咬牙答應，「好，我答應。」
白棋微微笑道：「那就一言為定了。」說著就給他鬆綁。
總算重獲自由的張寅扭扭手臂，拉好了衣服，走出密室時，趁著大熊沒注意，忽然掏槍對著白棋，「別動！」他喊，眼神暗示大熊離遠一點。
大熊緩緩後退，一邊嘀咕道：「你看，我就說吧。」
「我不能放過眼前的犯人，你們不要亂來，否則我就開槍。」
白棋第一次被槍口對著，心裡微微詫異，不過精神算是鎮定，「你不會開槍的，關於這點，我很有信心。」
張寅一聽，壓了壓嘴角，「你在諷刺我嗎！」
確實臺灣警察沒幾個敢開槍，這一點反而成了那些不法之徒嘲笑的對象。
白棋有點慌張地解釋：「不是，我是說真的。就是……呃，我的意思是……」
就在這時候，張寅眼角好似瞥見一抹影子，剛轉過頭去，就發現李桐生一隻手探上他的手槍，不到一秒就把手槍的彈匣卸下來，又用另一手接住，然後退到白棋身邊。
「……」面子丟大了。
可這場面沒人在笑。
「你好厲害啊！」白棋讚揚道，完全忘了自己身陷危險。

大熊說道：「這招不錯，我得學起來。」
李桐生還是面無表情，只把彈匣交給白棋，低聲道：「這是你的決定。」
白棋低頭看著那彈匣，莫名覺得自己的勇氣又倍增不少。
他把彈匣還給張寅。
張寅瞪著白棋看了幾秒，似在確認真假，之後才伸手收下。
「好吧好吧，算我服了你。」張寅把彈匣歸位，覺得有點像給七擒七縱了，他很煩躁地說：
「可是在命案現場的錄影畫面，明明就是你最後出現，你作何解釋？」
「那不是我，我一直在家。」白棋指著李桐生，「他可以作證。」
「你是說畫面被動過手腳？」
白棋點頭。
張寅疑道：「不可能啊，做過手腳的話，鑑識組怎麼會沒發現？」
白棋苦笑道：「這就要勞您去調查了。」
「很遺憾——」這時候，一道沙啞的聲音從通道傳來，緊接著阿烈出現在他們眼前。這個壯漢有一張木然的臉，他說：「你們誰也不能下山。」

第二十章　短暫的休息

張寅的槍口一下又對準阿烈，不由面露慍色，他認出這壯漢就是把他綁在這密室內的傢伙。被巡山隊的人攻擊之後，是怎麼移到這裡，這中間他陷入昏迷沒有記憶，但他能猜出這人跟巡山隊的肯定有掛勾。

阿烈人高馬大，似乎也不怕那警察開槍。

「風老說，給你們吃。」

他們這才瞧見阿烈端著一盤像是包子的麵食過來。

「別老把風老說當子曰一樣掛在嘴邊。」大熊不太滿意地嚷嚷：「既然沒想真的綁住我們，不如請我們到餐桌上坐坐，我還想品嚐一下在地美食咧。」

阿烈沒說話，表情一成不變，隨手把食物一擺就出去了，完全不在意這幫人已經把繩子解開還自在地聊起天來。

「搞什麼呀！」張寅總算摸清一點現況，他對大熊哼笑道：「原來你們也是給綁來的！害我還以為是你們偷襲我，裝什麼主場優勢！」

「嘿嘿，哥三歲就會嚇唬人了，沒辦法。」

張寅懶得跟這人貧嘴，轉向白棋問道：「你不是要去找什麼寶物，怎麼也給抓了？這還找什麼找。」

結果白棋已經拿起包子吃了起來，還挺享受的樣子。

看見張寅充滿質疑的眼神，白棋把嘴裡的食物嚥下去，「除了早餐，我們今天都還沒吃東西，別客氣。」說著，把一個包子遞給李桐生，又指著大熊跟張寅要他們自己來。

奇妙的是，經白棋這一說，他們肚子還真感覺餓了。

大熊想著他昨天還一路開夜車送他們到南投這裡，只吃了一頓早點，就接著下水，又遇到風長老帶他們上水社大山，這麼緊湊的一天就快要過去，估計著交換人質的晚上七點，大概還有一小時左右就要到了，接下來可能沒多少時間可以安穩休息。

阿烈還有帶一壺冷飲過來，白棋聞了聞，有酒味，但很清香，飲了一口感覺很順喉，辣中帶甜，「小米酒嗎？」

大熊也喝了幾口，說道：「誰知道呢，就算是毒酒也喝了。」

白棋笑了笑。

張寅這時候情緒最奇妙，他不知道自己怎麼從追捕殺人犯變成跟殺人犯一起吃飯了？而且情況居然不怎麼突兀！這該說是白棋很和善的關係？還是自己給這總是溫柔笑著的傢伙給騙了？

大熊忽然說道：「我真搞不懂你。」

這話打破沉默，李桐生跟張寅都看見大熊直視著白棋。

白棋問他，「你指的什麼？」

「你這個人，整個人。」大熊說道：「你接受事態的反應速度太短，短到讓人懷疑你是不是早預料到了，但看你的反應又曉得你沒什麼經驗。你很鎮定，小老闆。我沒見過有誰在水裡差點溺死，又被強押著上山面對綁匪，還能那麼鎮定，又像現在，你根本沒提過想逃的念頭，你還研究起寶石來。」

這話一說，白棋先是緘默，像在沉思，才笑說：「對了，我剛才忘記講，那座雕像是翡翠做的哎，而且水頭很好，恐怕還是老坑的，價值至少有幾百萬。現在臺灣幾乎已經開採不出純正的翡翠。」

「那我去把那兩顆魚眼還是人眼的摳下來，下山賺一筆！」大熊故意附和道，又猛然轉了話鋒：「別鬧了，你知道你轉移話題的程度有多差？」

白棋又咬了一口包子，苦笑道：「我只是想儘量保持冷靜，方便思考。」

他看了看李桐生，又看了大熊，接著說：「秦叔已經把兩位找來我身邊，不就說明我有事該辦？他待我恩重如山，我完成秦叔的遺願也是應該的。」

白棋垂眸，嚥下食物的時候感覺有點困難，但還是勉強吞了下去，「別看我這樣子，老實說我已經想了很多，秦叔突然就走了，說是被想搶寶藏的人所害，但我猜還有其他原因，不然交給警察處理不就好了。秦叔的發家買賣，我粗略聽過，不熟，但我也能猜個大概，該是有人尋上門來了吧。我什麼都不知道，如果還手忙腳亂的，豈不是更添亂？這對事情沒幫助。」

李桐生這時難得開了口：「你可以拒絕的。你跟秦家，老實說一點必要性的關係都沒有。」白棋盯著這白髮少年瞧，彷彿想從中找出一點不尋常來，這少年剛才的語氣感覺對秦家的事情很瞭解似地。

可惜白棋很少完整看見李桐生的表情。

「就衝你們喊我這聲『小老闆』，事情就是我的了。」白棋微微笑著，讓人絲毫感覺不出有為難的樣子。

「別小看臺灣警察！」張寅適時宣揚一番。

「你插什麼花。」大熊嘀咕道。

「幹嘛，你想污辱執法人員嗎？」

「唉呦，我好怕，我還怕你搜出我背包裡帶著火藥咧。」大熊裝模作樣地說。

「好了啦，你們還真像冤家。」白棋充當和事佬，擺手想讓他們和平共處，但沒想到自己的手剛伸出去，沒搭到大熊的肩，卻瞥見自己的肩膀上出現了一隻蒼白的手掌，還輕輕拍了兩下。

第二十一章　意外的贈禮

白棋看到肩上泛白的手掌，嚇得差點心臟都要停了。

還好他想起這裡沒有心臟按摩器，而他又不想給眼前這三個瞪著他的男性人工呼吸，所以白棋硬是穩定心神，然後才大叫了一聲。

這一聲驚天動地，恐怕連正在喝茶的風長老都聽到了。

白棋連滾帶爬撲向李桐生那邊，然後迅速回頭想看到底那隻手是怎麼出現的。

「老天！我耳膜都要破了。」大熊道：「到底是誰剛說要保持冷靜的？」

「我很冷靜！」白棋堅持，「我只是生理反應大了一點。」

張寅也已經掏槍出來，這動作很順暢，可能在警校練過很多次。「是誰！出來，不要裝神弄鬼的！」剛才他也猛然瞥見白棋肩膀上的手，他平生最討厭怪力亂神的事，而且經常懷疑鬼片在電影院上映是一種公眾迫害。

好在他們眼前出現的人沒有鬼片那樣有特效震撼。

那是個面頰枯瘦的男人，一臉看上去久病不癒的樣子，他虛弱地走近，扯出一抹不太好看的笑容，說道：「我沒看過你們，是客人嗎？」

男人的聲音聽起來也很輕微，讓人感覺隨時會別過氣一樣。

知道是活著的，白棋的膽子當然乖乖歸位了。

大熊說道：「你見過客人窩在地上吃包子的嗎？你是誰啊？哪時候出現的？」

仔細一看，這男人穿的衣物跟部落裡的人不太相同，雖說幾個配件挺眼熟，但編織物下面的衣著反而比較類似平地人。

那男人一聽，緩緩地答道：「我就住在這兒啊，很久了，久到我記不得多少個日子。」

白棋心說看他樣貌，頂多三十來歲，可能患了病，度日如年吧。白棋有禮地問道：「你住這裡嗎？我以為這裡是部落的人祭祀神靈的地方。」

「是呀是呀……」男人一副沉浸在回憶裡的樣子，道：「我在這裡是為了等人。她會回到這裡來的呀，等到她回來，我們就能一起離開了。」

「你等誰啊？」白棋起了好奇心。既然沒機會到部落裡走走，不如聽些人文軼事也好。

不料這男人似乎是發了呆，目光呆滯地盯著眼前，好半晌沒再說話。

張寅急性子，都有點不耐煩了，正想拿出偵訊室裡那招，男人猛地開了口：「……我在等達拉哈。」

達拉哈？

白棋一聽，不就是風長老的孫女？

怎麼回事？

白棋往李桐生一覷，李桐生靜靜望向那男人，像在等對方繼續說下去。是個好聽眾，白棋想。

男人幽幽道：「達拉哈為了守護部落的祕密，進了水底……我等她……是我害了她，我辜負她，所以我發誓在這裡等她回來……」

他說話語無倫次，眾人聽了都聽不出個所以然。

白棋試探地問他：「你剛剛說『達拉哈』到了『水底』？」

男人的眼珠子突然掃向白棋，目不轉睛地凝視著，讓白棋以為自己是不是說錯話了，後來才曉得他是在看白棋身後那幅有著湖底女人的圖騰。

白棋似乎隱約領悟到什麼。

「村子裡只有一個達拉哈，是繼承巫女之血的女人，她們注定為了部落的祕密……葬身水底。」男人的思緒變得清晰起來，只不過說話的時候，感覺一口氣會差點兒喘不上。

所以說達拉哈不是名字，而是職位。

白棋接著問：「葬身水底又是什麼意思？」

大熊這時笑說：「我比較在意部落的祕密，感覺有什麼陰謀似的。」

男人緩了緩氣，說道：「為了守護祕密，達拉哈必須待在水底，直到真正死去的那一刻，或者……祕密足以公諸於世的時候……我跟達拉哈……」

突然間，男人面露痛苦之色，卻一步一步蹣跚走到白棋眼前，那泛白的雙手又搭上白棋的肩膀，重重地捏著，彷彿怕白棋逃脫。

白棋有些慌張，但不好表現在臉上，總覺得這人重病已經夠可憐的。

「你……你怎麼了？」

然後白棋的目光飄向其他人，不知道有沒有人可以解圍。

然而弔詭的是，其他人居然都不見蹤影！

白棋左右張望，李桐生、大熊跟張寅都不見了！

「你幫幫我吧！」

白棋感覺肩頭一痛，是那男人使力捏他，像在吸引他的注意力。白棋被迫緊盯著眼前的男人。他開始覺得頭皮發麻，只好故作堅強地問：「你要我幫你什麼？」

「……讓她回來。我的達拉哈……達拉哈……」

白棋太緊張，一時感覺自己聽不清楚，忍不住「啊？」了一聲，沒想到男人的臉突然變成了骷髏頭，倏忽撞上他眼前！

這回白棋想大叫都來不及反應。

他忽然感覺自己僵在當場，心中充滿著難以言喻的惆悵與哀傷，骷髏頭在眼前的景象大概只維持一兩秒，之後周遭就像淹大水一樣，一下子就灌滿整間屋子，把白棋整個人淹沒了。

白棋下意識地憋住氣，但過沒多久就覺得喉嚨一緊，成串的泡泡衝出喉嚨——

「……棋！……白棋！」

白棋迷迷濛濛醒來，發現是李桐生在搖他。他來不及回穩心神，還躺在地上，半睜的視野看見阿烈從通道走進來，風長老跟著也來了，兩人如旁觀者一般地睨著他，白棋剛想起身，就聽到大熊罵咧咧地叫道：「酒糟能敷臉，不代表可以用酒直接潑啊！」

敢情是阿烈手頭沒水，直接用之前送來飲用的酒就潑下去把人喊醒。

「怎麼搞的？」白棋虛弱地問，慶幸自己提前給李桐生喊醒，那裡張寅也直喊著：「襲警！你襲警！」

他看李桐生同樣一臉疲倦，似乎剛剛也睡過一回。

風長老拿枴杖指著祭祀台上的薰香燈，說道：「是那個的緣故，你們是外來客，不習慣這種香味，頭先難免會昏倒幾次，之後就習慣了。」

白棋心想他才不要習慣咧，剛才的骷髏臉像真的一樣，來幾次不就得多給嚇幾次。

不過風長老這一說，倒讓白棋想到那薰香裡燃燒的該不會是什麼含有致幻成分的花草吧，他記得讀過一些報導，提過原住民們有人嚼食草藥，而有些原生草藥的生物鹼含有迷幻、麻痺的效果。

白棋起身時，雙腿還有點發軟，想說整理一下儀容，發現自己後背竟給冷汗沁濕，難怪他剛才做了被水淹的夢。

說實在，把那種有毒植物拿去燒，實在是太損人了，他終於想通，怎麼風長老沒把他們用繩子綁住，原來進到這裡，不久也得不省人事，白棋看到地上丟著吃到一半的包子，恐怕他們吃到一半不知不覺就暈了，幸好他沒給包子噎死。

「時間到了，我得——」風長老全副精神像在數牛抓去市場賣一樣，可忽然間，風長老瞪大眼睛，舉起枴杖敲到白棋的胸口。

「唔！」

白棋疼得悶哼一聲。他脾氣好，不代表沒脾氣，就差點要發作了，便聽到風長老厲聲道：

「這東西你哪兒來的？」

「什麼？」

白棋往底下一瞧，這才驚覺自己脖子上無緣無故掛著一條項鍊，那項鍊的帶子像是樹藤或樹皮材質，綁著一個綴飾，大概有鴿蛋大小，是朵初綻的紅花，被澆在透明膠水裡，用個透明容器裝著。

「我不知道這是什麼……」

白棋把綴飾放在手心端詳，也是滿心問號，卻忽然想起剛才的夢境，突然感覺這東西像是夢裡的那男人送的，可是夢是夢、現實是現實，怎能混為一談？

風長老放下枴杖，跟阿烈相覷一眼。

這時白棋發現，阿烈的神色難得起了變化，有點不可置信的意思，他接收到風長老的眼色，點了點頭，恢復一派木然的表情，接著往那陵居祭祀台去了。

只見阿烈繞到祭祀台後面，硬是用力把那裡的一道水晶牆往左挪。

聽著摩擦聲，可以判斷那牆很沉。然而奇異的不只這個，牆後面有個人躺在床上，像是死了那樣，動也不動，每個人都不由往那裡看，白棋也湊過去，那裡躺著的人面頰凹陷，露在被子外的雙臂幾乎只有皮包骨，這讓白棋想到他看過的木乃伊乾屍，可是白棋覺得哪裡不對，赫然察覺，這不就是剛才出現在他夢裡的男人嗎？

「……！」白棋倒彈一步。

李桐生離他最近，問道：「怎麼了？」

白棋牙齒有點發顫，「我、我我剛剛就是夢見他……」

大熊膽子大，看著那躺著的人一眼，道：「死了吧？是讓我們參觀防腐處理啊。」

風長老道：「人還沒死呢。」

「怎麼可能？」

這時阿烈走了過去，把腰間繫上的鳥羽裝飾拔了一根起來，貼近那人的鼻尖。

這眾人沉默的一刻，確實看見那人微弱的呼吸吹動了羽毛。

白棋心裡有點亂，忙問風長老：「這人是誰？為什麼在這裡……」要死不活的樣子。他省略後面的形容詞沒講。

風長老道：「他啊，他已經活了一百多年嘍，比我還久。他是自願待在這裡的，有天開始他就這樣不吃不喝，就是睡著，我們沒打擾他，就讓他維持這模樣。」

「一百年！」大熊直說他不信。

「不信也罷，反正不是什麼重要的事。」風長老說道：「讓他待在這裡，只是我們好心，他不是部落的人，甚至曾經背叛我部落的巫女。他本來就沒有資格死在這。」

白棋心底一驚，想起夢中跟那男人的對話。

「是達拉哈嗎？他是不是辜負了達拉哈？」

「……你知道？」

「我剛剛作夢——我知道這很荒唐。」白棋說到一半就解釋起來，「不過我剛才確實作夢，夢到這人跟我說幾句話。」

風長老不計較話中真假，只不過也不太有興致地問：「說什麼了？」

「說讓我帶達拉哈回部落，說他辜負達拉哈之類的。說得很零碎，我不太記得清。」

大熊問：「達拉哈不是長老的孫女？怎麼出現在這兒？」

風長老哼了一聲，「達拉哈是我族裡巫女的稱呼。這男的曾跟我族裡的女孩相愛，可是又因為功名而拋棄了她，結果還是後悔了，跑到部落來……我讓他在這裡等死。」

白棋這一聽就感覺有點不對，風長老說得前言不著後語的，白棋忙問：「能不能說仔細點？」

風長老才勉為其難地說：「既然東西在你們手上，怕是有因緣吧，也好，我就告訴你們……」

聽了風長老簡略地述說，他們才曉得這來龍去脈，原來部落裡的巫女有責任守護某個祕密，那祕密就在一座湖的湖底，巫女間代代相傳一種法術，可以潛入湖底，那裡有一道枷鎖，讓她們潛入湖底後，自個兒拴在腳踝上，然後就這麼像門神一樣地守著。

「守著」這說詞很微妙，但風長老沒多加解釋。

「擺明了就是祭品吧？是不是？」大熊提問，似乎不是很意外這種傳統儀式。

風長老道：「不太正確，那是我們部落巫女最後的歸屬，她們在留下子嗣後，都會這麼做。」

「那個祕密到底是啥啊？」大熊很糾結這個，不過只換來風長老一句「無可奉告」。

白棋覺得湖底的鎖鍊才是最驚人的地方，很明顯就是不讓巫女有逃跑的機會，人又不是魚，沉入水底一定會溺死，最後成了魚蝦的食糧，這種儀式有什麼存在的必要呢？他不懂。

大熊頂嘴一般地說：「我才想你孫女怎麼會跑到山下去，就是知道自己最後會這樣，所以跑去開開眼界，這也無可厚非嘛。」

話剛說完，他就看見阿烈衝了過來給他一拳！

大熊躲過了，不過那拳頭還是削到點耳風，大熊大罵：「你做什麼！」

阿烈像在隱忍著怒意，低聲道：「這是我們最尊貴的儀式，不許外人詆毀，達拉哈……她跟我們一出生就開始學習面對這種結果，你們這些外人哪裡曉得！」

「行了。」風長老轉過身去，看似不願在這個話題上多費唇舌，「該走了，交換人質。」

張寅在旁嘲笑大熊，「我覺得你可以去參加一句話惹惱對方大賽，你鐵定首獎。」

大熊嘁了一聲。

風長老又道：「對了，還有件事跟你們也說說吧——白小子脖子上那項鍊，是當初那男的跟我們巫女的定情物。」

「定情物？怎會跑到我身上？」白棋想，難道這男人是想讓他拿這個定情物把湖底的達拉哈帶回來？

風長老涼涼道：「肯定有他的用意，不過我告訴你，當初那男的拋棄達拉哈，另尋他歡，達拉哈只好滿心怨恨地潛入湖底，她下了個詛咒，這才讓那男的無法過活，只好回到部落懇求達拉哈原諒，但是他怎麼樣也無法接近湖底，達拉哈早就決心要他們一起痛苦。」

「……那詛咒是？」

「就是這不死不活的樣子。他得到比常人更多壽命，但很多時候，你寧可死去，也不願繼續用可憎的面目活在世上。」

白棋頓時感覺全身哆嗦。

這樣戴這項鍊入水，是不是不太吉利？如果他看到的那個女人就是守護祕密的達拉哈，會不會反而更生氣？

女人真是……唉，白棋不由默默嘆了一口氣。他想起了梅聖琳。

第二十二章　交換人質

雖然繩子對他們免疫，但為了有個人質的樣子，他們還是被縛住了雙手，帶往約定交換人質的地點。

地點在部落東側，穿過一片林子，聽說那裡有一道被暱稱為「洗衣溝」的山溝。

此刻白棋一行四人就站在那裡。

從抵達開始，白棋就忍不住往「洗衣溝」看幾眼。

那是一條水流很急的山澗，夾在兩面高峰之間，光看這高度，白棋就覺得這山溝不僅能洗衣，連性命也能洗得乾乾淨淨。

時間來到晚間七點，天色已經暗了，阿烈跟幾個村人提著火把，把附近照亮。

「為什麼我也在這裡？」張寅感到莫名其妙。

白棋賠罪道：「很抱歉把你牽扯進來，但是目前我似乎沒有辦法說服他們先放你走。」

「啊？你這個天真的傢伙，先想想自己的處境吧。」張寅一副受不了的樣子，「你到底是多沒心眼？」

「大概還當在自己的鋪子裡。」大熊說：「你知道嗎？我之前稍微查了下咱們小老闆的資料，有消息說，咱小老闆給一個假鑽戒開了十萬的當票，全因為對方說小孩沒奶喝。」

白棋很認真地反駁，「我是救急，那個婦人我看過，就住在附近，我知道她的家庭狀況，而且她以為那鑽戒是真的。」

「她以為？」

「那是她老公買給她的婚戒，說是真的鑽石，她在拿來當的時候很不捨，說是不到走投無路不會這麼做。」

「演的吧。」張寅下結論。

大熊應和道：「對吧！每個人都這麼覺得。」

「結果那女的有來贖嗎？」張寅問。

「警官，是你的話會贖嗎？」大熊挖苦地問。

張寅笑了笑，「你店面在臺北嗎？我該好好捧場一下。」

白棋有點懊惱地說道：「我歡迎大家來，不過我有我的原則，真正的騙子我才懶得理。」

這時，阿烈「噓」了他們一聲。知道被當作肉票還能聊起天來的，他們應該開了先例。

也在這時候，垂掛在兩山間的流籠發出了運轉的聲音。

白棋他們對面的山勢較高，有個流籠就從對面滑了過來，停在他們前方約五公尺。

流籠裡有三名男性走了出來。

風長老走到眾人眼前，對那三名男子問道：「我孫女呢？」

其中一個看來比較像主事的，笑著說：「你們年輕的巫女小姐還在我們老大那裡開心地看電視呢。」

「不是吧，真的眷戀起紅塵來了。」大熊小聲打趣道。

這時候還能開玩笑，白棋實在佩服大熊臨危不亂。

那邊風長老表情很明顯不滿意對方的答覆，抬高了音量，「把她帶回來給我！」

「人還在我們手上，長老也得放客氣一點，不是嗎？」

那三人同時拿出手槍，威嚇似地往前一站。

這下火把的亮光照清了那三人的臉。

「是這些人！」李桐生認出他們，對旁邊白棋低聲道：「小心！」

白棋問：「你知道他們是誰？」

「不清楚，只曉得可能是香山幫的人，我上午去辦老刀交代的事，就被這三人攻擊過。」

「攻擊？」白棋嚇了一跳：「你沒事吧？香山幫又是哪裡冒出來的？」不過李桐生也沒理他，那少年只專注在眼前的情況。

大熊聽到香山幫三個字，竟不由面露笑意，喃喃說道：「這下可好玩了……」

張寅完全狀況外，還以為是什麼新成立的黑道份子，正想要不要掏槍亮身分，這三個傢伙要是真開火，這麼近的距離逃也逃不掉，除非槍法真的一塌糊塗。

「你們是不打算把人還給我了？」風長老波瀾不驚地說道：「是，或不是，回答我。」

那帶頭的男人故意大聲笑道：「我告訴你，臭老頭，我們不僅不放人，還要你們全交代在這裡！」

撂完狠話，他們竟真的扣下扳機！

三聲槍聲響徹山谷。

白棋同時聽見李桐生低呼：「蹲下！」接著背上給誰推了一把，整個人就伏低了身體。

白棋接著看見李桐生手上的繩子又掙開了，居然還筆直朝槍擊犯衝過去。

然而白棋剛想喊他回來，李桐生已然一腳踢掉那人的手槍，一拳打在那人的肚子上。

連哀嚎都沒有就倒了，撂狠話之後還沒一分鐘吧，白棋還處在一種呆滯的境地，而令人訝異的，是另外兩人也被制伏了，是阿烈動的手，阿烈把那兩人的手臂都彎到背後時，白棋甚至覺得聽到肩膀脫臼的聲音。

風長老自從看見對方沒帶孫女過來，就一直沉著一張臉，他怒道：「阿烈，把這三小子吊起來，我最厭惡不守諾言的小子！」

「是。」阿烈應道。

接著白棋看見阿烈往他們這邊瞥了一眼。

「把他們也丟到洗衣溝裡，沒用了。」風長老說完，杵著枴杖緩緩往部落走。

白棋一驚，「等等！長老，你何必害我們？」

「我害你們？」風長老轉過頭來，一臉興師問罪的樣子，「是你害我孫女沒的吧？你怎麼不想想，之前明明談好條件了，那夥人卻臨時變卦的理由？你們對那夥人來說已經沒用了，對我來說，當然也是。」他扭頭就走，又喊了一次：「阿烈！丟下去！」

大熊看那些村人們不知哪時候已經手持長魚叉，把他們包圍住，並一步步往洗衣溝逼。「喂，喂，我可不擅長跳水啊。」

李桐生見狀想救人，卻被阿烈擋住。他皺了皺眉頭，看見阿烈輕輕搖頭，似乎有話要講。

風長老漸漸走出這個火把照亮的範圍。阿烈使了眼色，讓李桐生跟白棋他們站在一塊兒，李桐生暗想這人不知道有什麼打算，就見阿烈讓那些村人放下武器。

「你們自己下去。」阿烈面無表情地說。

張寅差點被湧出喉嚨的髒話嗆到。「你以為我們是傻子啊！」

阿烈目光沉著地盯著白棋胸口的項鍊，「如果你可以讓達拉哈——我是指現在在湖底的那位。」他停頓一下，才繼續說：「如果你可以破除這個儀式，請你務必這麼做。」說完，他竟低下頭來，對白棋鞠了一躬。

白棋受寵若驚地想去扶他，沒想到這時候阿烈竟然趁機動手把白棋推落洗衣溝——白棋只覺腳下一空，整個身體往後仰，接著世界就倒了過來。

他正在下墜！

小腹的搔癢感剛剛竄起，撲通一聲，他就落水了。

李桐生幾乎是一看到就跟著跳了下去。

張寅看傻了眼，大熊則是咋舌道：「張警官，你要待在這裡被串成肉串，還是跟我們體驗一下當魚的滋味，選一個吧，我先走一步。」一邊說，他也跳了下去。

「……」張寅能感覺阿烈靠近了他後背。

開什麼美國玩笑！他才不敢跳，這個情況還是得掏槍——

他剛轉過身，就也給推下去了。

第二十三章　死裡逃生

感覺連眨個眼的時間都還沒到，白棋就看見自己落水激起的水花在眼前炸開，然後往他的臉上壓，他吞了一大口水才猛然憋住呼吸，雙手在水裡撲騰幾下，終於把頭抬出水面。

水很湍急，急得整個人不自主被水沖著往下游漂，腳下不太踩得到底，又或者只是擦過幾顆大石頭。

白棋的身體一沉一浮的，只得趁隙呼吸，好幾下又被滅頂，實在連反應的空間都沒有。

身旁兩道山壁的景色如幻燈片迅速切換，白棋有那麼一刻只是身體下意識地求生，卻沒有積極地想該怎麼做，他覺得有點喘，而且四肢開始重了，這時候他視線的餘光勉強看見李桐生也被水流推了過來。

很奇怪，白棋這時候才正視自己的處境，心中有個念頭冒了出來：我不能讓他陪我送死！

同時，白棋開始劇烈地掙動四肢，希望能把身體儘量撐出水面，好看清楚附近有沒有什麼可以攀附的地方。

李桐生的帽子被水流沖走了，月光下，髮絲看起來像銀色，還挺顯眼，白棋就看著那抹顏色，大吼一聲：「李桐生！」那少年似也聽見，皺著眉頭看向他。

白棋想儘量往李桐生靠去，李桐生那裡靠近山壁，有時會看見幾叢巨大樹根，從岩石底下穿出來，如果能抓住樹根往上爬，或許可以爬到對面的山上，白棋才這麼想，就看見李桐生好幾次伸手去抓，卻因為流速太快，被迫脫手。

再這樣隨水流漂下去不知道會到哪個地方？

不，白棋思忖著，說不定再過一分鐘，他就會因為無力抵抗水流，整個人被壓進水底。

當務之急真得把吃奶的力氣都使出來。

白棋奮力往旁邊挪動，眼看著李桐生就在距離自己一公尺外的距離，卻怎樣也無法再更接近，白棋這時候突然看見李桐生還背著個背包，如果把那些負重丟了，減少壓力，大概比較有機會抓緊樹根，再說，那些會吸水的東西本來在水裡就可能致命。

白棋想說乾脆讓李桐生把負重丟了，不料喊出的聲音斷斷續續，倒是被這水結實嗆了好幾口，不過他看李桐生不知是不是真領會到了，居然一手穿出背包背帶，看似要扔的樣子，白棋心想這樣就好，他不能拖累這才二十歲的少年，沒想到李桐生卻是把背包當繩子一樣，一手攬著一背帶，對白棋大喊：「抓緊！前面有大石頭！」

這才聽見，白棋就感覺後背一痛，腰部差點折斷，原來他被一塊亙在水流中間的石頭抵住，那水流沖到石頭水花四濺，一直撲到他臉上。

李桐生這時也拽緊了一條樹根，不再被水流推著走，白棋大字形抵在石頭上，狼狽極了，不過為了保命也顧不得形象，他看見李桐生還是拖著背包帶想讓他抓住。

很勇敢，白棋這時候覺得這少年勇敢得不像十九歲，他同時順著李桐生那裡的樹根看上去，赫然發覺山壁上有個凹下去的地方，像是洞穴，這一看才曉得這附近的山壁都有一些洞，只是大小不一。

有機會了！

白棋想說爬到上面的洞穴裡頭，暫且脫離這個困境再想辦法逃生，便拉住李桐生的背包帶，往他的地方靠。

過了大概半分鐘吧，白棋總算也抓到了樹根，這時他們看見大熊接著被水沖過來了，不過大熊看來挺會游泳，在水裡還算能維持姿勢，看到了白棋他們，瞬時也大手一攀，在距離他們兩步左右的距離先抓緊了那裡的樹根。

「我還想你們要先跑多遠哩！」

大熊吆喝一聲，隨即又「哇嗚」叫了一下。

白棋看見大熊的身體被扯了一下，接著看見大熊的衣服上好像綁著什麼繩子或鍊子，然後鍊子的另一端扣住張寅的槍背帶。

張寅從水底下浮出來，像個球似地給勾著。

大熊說道：「警官，我好歹抓住你了，你就不能划點水嗎？」

張寅飆了一聲罵，大叫：「警察還分水上跟陸上，轄區不同懂不懂！我——」話沒說完，又被淹到水裡，不過一會兒就浮上來了。

白棋才沒時間聽他們碎嘴，已經湊到李桐生那裡問：「上面有個洞，你能爬上去嗎？」

李桐生往上方瞥一眼，點了點頭。

白棋又道：「那好，你踩我肩膀，先上去！」

他們說話幾乎都是用吼的，雖說夜晚挺安靜，但水流聲響亮的很，一直在耳邊刷著，讓人有一種不大吼就聽不見說話聲的感覺。

李桐生身材偏瘦，兩三下就順著樹根爬上去，他趴在洞口，伸出手來：「上來！」

白棋心說他一個瘦小的身板哪裡拉得住他一個成年人，不過還是很感激他的心意。

他兩手抓住樹根，可不曉得是沒力了還是樹根濕滑，幾次都抓不住，白棋又想到不久前到部落爬的那繩子，好像也這情形，於是心裡模擬著那時候的樣子，又咬緊牙使力，這才艱難地爬到了洞裡面。

一離開水，白棋簡直累癱，覺得渾身像灌了鉛一樣沉重，倒在地上貪婪地喘息。那裡大熊在喊：「小老闆，還有位置沒有？兩位房客。」

白棋趕忙朝這洞穴看了看，隨即攀在洞口對他喊著：「有！快上來！」

大熊身手好，一會兒就跟了過來，只不過張寅狀態也跟白棋差不了多少，是被大熊救難似地拉上來。

一時間，洞穴裡只有眾人急促呼吸的聲音，張寅嘔了好幾口水，自娛說天然山泉水喝這麼多也夠本了，白棋肚子也漲得厲害，想吐卻吐不出來，大概是完全進到了胃裡。

大熊往外頭觀察著，發現不遠處居然就是水流的盡頭，忙指著讓大家看：「到底了。」

果然，約莫在十公尺開外有面山崖，像個龐大的擋路石，完全把水流截斷，水流到那裡就沒出路，直衝上這面山崖，水面上頓時滾著像浪花的邊。

白棋看到這景況，總覺得哪裡不對，可就是說不出個大概，不過大熊似乎想到什麼，說道：「你們看那山，如果天天給水這麼沖刷，早就凹一個洞了。」

「對哎。」白棋恍然道：「我剛就想哪裡奇怪。這左右都沒有讓水流出去的地方，照這流速，山崖下面肯定侵蝕得比其他地方要快，但是看起來還很完整的樣子。」

李桐生這時淡淡說道：「那水下面有路。」

白棋一聽愣了一下，「你說水『下面』？」

同時，白棋腦子裡已經不自主在想像著，這道水流沖上那邊的盡頭後，底層的水接著往下流掉，減低了水的沖力，所以那面山壁不至於侵蝕得太快。

「有理。」大熊應和道。接著問：「可是你怎麼會知道？」

「我看阿烈沒有殺我們的打算，猜到可能這裡確實有路。」

「哦……」大熊的眼神有點佩服，不過他那自負的性格，又讓人感覺不太會真心佩服別人，所以讚賞的神情看來就多了幾分猜忌。

白棋不久前聽大熊提過幾次李桐生，心想大熊好像在財庫就對李桐生有點興趣，只不過沒打聽到什麼有用的消息，這回倒是給了他機會近距離觀察。

李桐生這時從口袋裡拿出個懷錶來，看了看時間，「現在是七點四十，」他說：「九點的時候，武界大壩會洩洪，到時這裡水位上升，流速會更快，我們趁機會潛到水底的那條路。」

「啥？我沒聽錯吧！」

張寅原本倒在旁邊休息，一聽就彈了起來。

「怎麼，耳朵還沒洗乾淨喔。」大熊戲謔道：「俗話說一回生、二回熟，現在有經驗了，等等記得划水憋住氣。好了——既然還有一小時，先取個火補充一下體力。」說著，大熊把他的防水背包拿來，有個小型的罐裝炭，中間有個芯，看得出抹著蠟，點個火就著了。

這火嗶嗶剝剝地燒起來，白棋才感覺這山裡頭晚上有點涼意，而且他們的衣服都濕了，貼在身體上很不舒服，眼看大熊已經脫下上衣擠水，白棋也照著做。

「去水下的路，是通向寶藏的路嗎？」白棋問。

李桐生坐在洞口，倚著壁往外看，安安靜靜像個憂鬱的少年，聽見白棋的話，才轉頭過來看他。

「我不清楚。老刀上午讓我去辦事，吩咐去確定武界大壩洩洪的時間，我猜的。」

李桐生說話很輕，而且說起話來都沒什麼表情。

白棋聽李桐生一句兩句「猜的」，沒什麼證據，然而不知怎麼搞，他偏是信了。

白棋想起剛才的情景，問道：「對了，剛剛那三個人，綁架風長老孫女的那三個，你說他們攻擊過你？」

「嗯，我去慈恩塔的時候。」

「為什麼找你麻煩？」白棋思索一下，道：「難不成那時候他們就知道我們會上山嗎？」

「或許吧，不過那時候他們要我交出九龍城的地圖，我跟他們周旋片刻就逃走了。」

「九龍城是哪裡？」白棋記起風長老好像也說過一次，但他沒機會問清楚。這一問，白棋又猛地想起剛才李桐生話裡還有個字眼很熟，他心中一跳，脫口道：「地圖？」

他忽然想起轉頸瓶映照出來的圖，目光不由往大熊看去，大熊這時也聞聲看過來，手裡不知道哪時候開了個水蜜桃罐頭在吃。

「你那背包是百寶袋嗎！」白棋笑道。

大熊開始自誇起他的老手裝備。

除了乾糧之外，還有手電筒、電池、野營燈，瓦斯罐、防毒面罩、消毒水、紗布，一些簡易藥品，還有小型逃生用呼吸器，這些可能都是戶外活動能用到，但白棋把一個看來像是噴霧的罐子拿起來一瞧，上頭竟然標示著液態氮，這玩意兒就不曉得會用在哪裡。

「有備無患嘛。」大熊道，然後把背包裡一包餅乾丟給白棋，「吃點，現在也只能吃這些了。」

張寅登時「哈！」了一聲，大熊一個轉身，發現這位警官居然拿到他的皮夾，還抽出了他的身分證在看，一臉得逞的樣子。

大熊一把將皮夾搶了回來，「做什麼，裸照都被你看見了。」

「屁，誰要看那鬼東西！」張寅笑得有點奸詐，「姓梁的，被我看到身分證了吧！告訴你，回去我到局裡查查身分證字號，兩三下就把你給摸清了。」

「呵呵，」大熊乾笑著：「吃水蜜桃吧，警官。」接著白棋看見大熊給他眨了一下眼，可能是在暗示別把他有三張身分證的事情說出來。

白棋不想撒謊，不過也不想拆穿別人的事，只好把臉別過，別被問到就好。他把餅乾遞到李桐生面前，「吃吧。」他說。

李桐生只拿了一片，咬了咬，對白棋說：「我看你的反應，好像知道地圖在哪裡？」

「哦！說到這個，」被剛才一攪和，差點忘了正事，白棋暗罵自己注意力太渙散，趕緊說道：「那個你交給我的轉頸瓶，我好像知道有什麼不尋常的地方了！」白棋把他在房間裡研究轉頸瓶的過程說出來。

張寅說道：「感覺像在拍電影，解密尋寶似的。」

「人家那電影都套好的，現在可是貨真價實的尋寶，刺激又新鮮。」大熊說得雀躍極了。

李桐生問那瓶子現在在哪裡，白棋這才恍然大悟，說瓶子被丟在那個地下室，他忘了一起拿來。李桐生道：「可能被他們拿走了，難怪會取消交易人質，可能就是這樣，他們也取得瓶子裡的地圖了。」

「那怎麼辦？」

「地圖，你記起來了嗎？」李桐生反問。

白棋有些心虛地說道：「說是記起來，算是有個印象，但是那上頭沒標示出入口也沒地名，不知道是怎麼走的啊，看起來就是彎彎曲曲的一些路。」

白棋把轉頸瓶映出的模樣大致比劃了一下。李桐生似乎也陷入沉思，一會兒不說話。

「別急，到用的時候自然就想通了。」大熊一臉豁達，「這點哥很清楚，遇過幾次都這樣。而且實話告訴你們，有時候地圖也不頂用，全是憑經驗闖關，所以不用太糾結在地圖上面。」

雖然有大熊這番話，但白棋還是不太能釋懷，那好歹是秦叔留給他的，應該好好保存才是。

白棋一時也不知該說些什麼，就坐在一邊，靜靜地等九點到來。

張寅也在看他的手機，說是防水防震，但在這個高山頂，完全沒訊號，然後那手機就傻傻地搜尋信號，過沒半小時就嗶一聲沒電了。

這段時間他們沒有剛才那樣聊得熱烈，只像在耗時間，預備著接下來啟程。

白棋的手機根本就落在家，他心想不知道隔天元鎬會不會找他，店裡的事務該怎麼辦，不過元鎬應該會處理好……他雜七雜八想了一堆，轉過頭看見李桐生往外望的側臉，那張精緻的少年五官沐浴在細碎的月光下，倒像小說封面似的，白棋也看見李桐生手裡握著剛才那懷錶，他偷偷看一眼，懷錶很舊了，還很多裂痕或撞傷的痕跡。

李桐生察覺有人盯著他，驀地把懷錶收妥，說道：「還十分鐘。」說著，就從包包裡拿出三個自給式呼吸器。

李桐生的行囊沒有大熊的豐富，只有一把登山刀、藥物跟手電筒，一包牛肉乾和其他的乾糧。那三個呼吸器是他從地下室隨手拿的，白棋記得地下室堆著滿滿的潛水用具，想到這裡，他不禁想倪宸那大學生怎麼樣了。

呼吸器有個很迷你的氧氣瓶，連接著一個半截面罩，可以罩住眼睛跟鼻子，這氧氣瓶標示是說可以應付二十分鐘的呼吸所需，白棋心想還是省著點用比較好。

既然大熊有自己的行頭，李桐生拿來的呼吸器就給白棋跟張寅用，張寅一臉不甘願，卻還是照做，白棋覺得這位警官有點無辜，莫名其妙就被扯進來了。

「現在也沒辦法了，往上又爬不上這山壁，也無法聯絡外界，就繼續走吧。」張寅說。

這時候，遠遠可以聽見水流聲變大，好像下了暴雨，有什麼重重地打在岩石上。

白棋往另一頭看，突然暴漲的水流足足有一層樓高，差點就要淹到這個洞穴。

武界大壩洩洪了！

白棋忽然意識過來，這些山壁的洞穴是怎麼形成，恐怕就是這一次次的洩洪，水流無處可去，在這附近打轉，於是有幾道水流短時間造成的衝擊力就在山壁上形成類似壺穴的侵蝕面，最後這條水流才會緩緩地從山崖下方的出口消退，恢復成一般的水量。

水面似乎又湧上了一點。

李桐生說道：「把呼吸器戴上。等等我們被沖到山崖下面，就儘量往下潛，我猜大概一、兩公尺左右就會有另一道水流把我們往下帶。」

又是猜的嗎？白棋猛然感到緊張起來。

「回去之後我看我可以報名海巡署了。」張寅扯著嘴角苦笑。

眼看時間差不多了，李桐生帶頭跳了下去，白棋緊跟其後，大熊讓張寅先跳，說是出事還能給他個照應，張寅罵他烏鴉嘴，賭氣似地跳了，大熊眼看那三人朝山崖下方衝去，捉摸著從袋裡拿出一個記號筆，在洞口附近畫了幾筆，接著數三聲才跳下。

第二十四章　另一個日月潭

白棋睜開眼睛，看見枝葉點綴的天空，陽光斜斜地照著，好像還有微風吹拂，這凝然的一幕讓他感覺片刻虛假的清醒。

他應該還在作夢。

他不該在這種風景優美的地方，然後悠哉地躺在草皮上。

可是大熊宏亮的聲音竄入耳膜時，他就覺得自己的確存在於現實世界，不如說——他還活著。

「你個大頭！你要不好好磨練一下烤魚的技巧？」

「烤魚的技巧對警察來說有什麼必要性？我會拷問的技巧就夠了！我告訴你，你要吃不吃？隨便！」

白棋坐起身來，看見那湖邊，大熊跟張寅圍著火……烤魚？

大熊首先發現白棋醒了，歡喜地哎呦一聲，「我的財神爺，你還記得自己的名字嗎？你還記得要把一半的財產過給我嗎？」

「……」白棋呆住片刻，「我叫白棋，我不記得要把財產分一半給你。」

「太好了，沒成傻子。」大熊笑道。

白棋只覺無奈，但卻不由得感到安慰。

他在這樹蔭下可能睡了一段時間，因為他的記憶還停留在晚上九點那時候跳下洗衣溝，對了！「這是哪裡？我怎麼會在這？」白棋發問，想朝大熊他們走過去，一站起來才發現自己身上光溜溜，只剩一條內褲，還好有蓋著一條看似舊布還是舊床單之類的布，後來白棋才知道這是沉船的帆。

「在那裡晾乾呢，怕你感冒，李桐生說你體溫有點高。」大熊指指一邊掛在樹枝上曬乾的衣服。說真的，假如這地方開發成風景區，肯定賺飽鈔票，白棋腦子裡剛浮現這念頭，就覺得自己果然是商人，太勢利，忍不住想嘲笑自己。

他湊了過去，剛好看見李桐生從湖裡走上岸，他有一套潛水衣褲，可能也是地下室拿的，李桐生拔掉呼吸器，看一眼白棋，就先坐在岸邊喘著氣，看起來像在水底待得久了。

白棋的思緒對比眼前的情況還有點脫節，他對大熊道：「我有很多問題。」

「問吧，我早知道你小老闆好學。」

白棋說道：「這是哪裡？」

「就洗衣溝下面通過來的地方，你忘啦？你在下水之後，撞到山壁就有點昏了的樣子，我看你眼睛差點兒就睜不開，是我把你往下拖的，才把你帶上岸。」

經這一說，白棋摸摸自己的腦袋，果然腫了一包，難怪他覺得有點頭疼。

「我昏了多久？」

「從昨晚九點算起的話，十七小時吧，現在都隔天下午了。」

「真的假的……」白棋瞪大眼睛，很無法置信的樣子。「這裡是洗衣溝連接到的地方？」白棋看著這裡唯一的水源，「所以我們是從湖底出現的？」

大熊發出思索的聲音，「嚴格來說不算是湖底，你就這樣想吧，這整個湖是個水槽，我們從旁邊開的某個洞溜進來了。」

白棋仰頭，環顧周遭環境。

這裡是被山勢環繞的一座湖，湖面很寬闊，可以看到對面，大概有四到五平方公里的面積，湖外圍有一小圈綠地，然後就滿是樹林，樹林連五公尺外就看不見路了，可見裡頭真是深山老林，沒經過開發。

他越看越覺得這景致熟悉，好像在哪裡看過，可是想不起來，大熊招呼他坐下，笑說：「這裡的魚特別肥，不吃可惜。」

白棋看見幾條立在火堆的烤魚，體型還真的很大，那一條少說也有五、六斤，不過看不出是什麼品種，看火堆旁的骨頭，他們應該已經吃過幾頓了，白棋拿了條魚，嚐了一口，果然肉質鮮嫩，可惜就是沒有去腥調味，不然這活魚三吃肯定滋味一絕。

大熊朝李桐生喊道：「怎麼樣？發現什麼沒有？」

李桐生只搖搖頭。

白棋直覺地問：「你們在湖底找出口嗎？」

「才不是咧。」大熊的笑容有點神祕，讓白棋去看旁邊地上放著的東西。大熊提示道：「找到寶貝了！」

那些東西擺在草地上，被茂密的野草遮蓋，白棋一時沒發現，但看見的時候不由心中一驚，居然全是金幣跟黃金製品，還有鑲滿寶石的酒杯、十字架。

白棋下意識想去拿自己口袋裡的放大鏡鑑定東西真假，但放大鏡不見了，不過他拿在手裡掂量一下重量，就覺得這些真是金子！

「都是在湖底發現的？」白棋忙問。

大熊說道：「說了你一定不信，湖底有一艘沉船。」

白棋還真的不信，直說這裡沒水道沒通路的，一艘船怎麼進得來，大熊說道：「我本來也不信，但親眼看見，不信也得信了。」

他給白棋拿了一些書本的殘骸，都是從湖底那艘船上掏的，白棋把書拿在手裡，裡面全是外文，紙張很粗糙，很厚，認出其中還夾著幾張羊皮紙，而且破損的程度很大，好像還給什麼蟲蟻啃咬過似地。

白棋眼珠子朝大熊一轉，接下來的問題連自己都覺得蠢，但還是想這麼問：「那艘沉船該不是中美洲號吧？」

「這我還真不確定。」大熊笑道：「但能保證是一艘外國船，裡面的大砲跟擺設，十足十外國船的裝備。」

「我想下水看看！」

白棋現在心裡就這念頭，而且迫不及待。他發現李桐生這時回頭看他一眼，沒表示意見，不知道是認同不認同。

「做什麼做什麼，這些無主物照理說是國家的，你們別打歪主意。」張寅很適時地宣揚了自己的定位。

白棋微笑說：「我就是好奇而已。」

「先消停一下。」大熊忽然說：「我看你狀況怎樣，之前你的小跟班才說你發高燒，照看你一整晚哩。」他邊說邊覆手在白棋的額頭上。

李桐生這時默默走了過來，也一樣探探白棋頸側的體溫，白棋覺得李桐生的手真冰，像血液循環不良。

「還真的有點燒。」大熊從包裡拿了顆消炎藥，「別真的生了病，不然接下來可難捱了。」

李桐生站在一邊一言不發，像在觀察白棋的反應。他窺見白棋脖子後面有一個紅腫的傷口。

白棋掬了口湖水吞藥，這才發現這裡水質清澈無比，肯定有水在流動，不然早就長滿水藻。

湖水看來挺深，看不見底，綠幽幽一片。

白棋又盯著這湖看了一陣，湖面漂浮著一堆一堆的葉子，白棋本以為是距離太遠，所以感覺看不清楚形狀，但實際盯著瞧，發覺那些葉子實在大的嚇人，而且數量還不少。

白棋跑了過去，衝最近的湖邊，拉了幾葉過來，接著又跑回大熊身邊，「這是浮萍沒錯吧！」他把葉子舉到大熊面前，驚訝地說：「為什麼長這麼大？」

大熊冷靜看著幾乎比臉還大的浮萍，信口道：「營養好唄。」

「營養？你不會說有人在這裡施肥料吧。」

「這話你說對一半。」大熊若無其事地說道：「你沒看見……喔，對，你可能那時候就昏了，在我們從洗衣溝通到這裡的路，沉澱著很多骨骸，大概是部落那些人，不要的東西都往洗衣溝丟。這點咱們張警官應該知道，不是說埋著屍體的花圃，花草長得特別好嗎！」

張寅露出滿臉不想面對的神情，「我已經儘量不去想那些失蹤人口。」

「我想裡頭說不定還有幾個是我同業，只不過他們沒命過來這裡。」大熊說道：「這也沒什麼，有原住民以前還會獵人頭，誰知道這部落存在多久了，總有些比較古老的習俗。」

白棋忽然感覺手指開始癢了，當然這是心理作用，不過這巨大浮萍竟是人體分解之後——算了，他決定跟張寅一樣採取消極一點的態度。

「不過話說回來，你們不覺得這裡跟日月潭簡直一模一樣嗎？」大熊說。看見白棋投以狐疑的目光，他接著說：「為了這次任務，我特地仔細調查過日月潭，現在這座湖的外型跟深度，我覺得跟日月潭非常相似。」

白棋也覺得奇怪，「這種地方早該被人發現了，為什麼我從沒聽過？」

「別看臺灣地圖好像很精細，你不曉得的事情還多著。」大熊得意道：「我在財庫混了很久，才發現這塊土地不像小時候被灌輸的觀念那樣。嘿嘿，小老闆，你這回算是開了眼界。」

第二十五章　沉船

他們在這裡待了幾天，白棋實在心癢，又說想下水看沉船，可就連他自己都感覺全身還在發燙，可能真的感冒了。

李桐生的呼吸器早就用罄，後來幾次，他都是直接憋氣下水，好在之前探了幾次位置，所以不用花費時間胡亂摸索。

大熊跟李桐生兩人在被沖到這個湖邊時，就看見湖底的沉船，他們休息一陣稍微安頓，接著大熊凌晨便按捺不住，第一個下水調查沉船。

說實在，那船不大，船身粗估只有一百公尺，看裝設配備可以推測是小型商船，按照當時的社會背景，海盜猖獗，很多外國船都配備簡易的大砲抵禦外敵，但要是跟紀錄上的中美洲號互相比對，這種小船還差得遠，中美洲號是個載著大量黃金與上千位乘客的大船，怎麼樣也不會是這副窮酸樣。

就在大熊覺得希望落空，白棋趁著精神好些了，再度重申自己想要下水一探沉船的決心：「說不定我會發現什麼。」

大熊眼裡透著懷疑，心裡倒是想說不定可以試試，思索一番後，他道：「好吧，小老闆，我就跟你去一次，不過話先說在前頭，要是挺不住了，直接上岸。」

「行！」白棋答應得很快，頭一回感覺自己像被許可吃糖的小孩似地，心裡有點歡喜，隨後仔細想想，他這年紀，換做別人應該也還在外頭打混遊樂吧，他是否好一陣子沒讓自己放鬆一些了？

白棋的呼吸氣瓶還有剩，用個十幾分鐘不成問題，大熊則說自己捨命陪君子了，深深地吸了一口氣，便跟白棋一道下水。

大熊帶白棋從沉船甲板上的通道上進去，省去白棋花時間探索的功夫，直接領他到船艙。白棋在幾間船艙裡搜索，不時打開櫥櫃跟箱子，但除了冒出幾個小氣泡，裡頭沒什麼值得注意的東西。

這期間，大熊反反覆覆游出水面，吸飽了氣才回去陪白棋。

不得不說這船確實有點歷史了，白棋心想，倒不是船在水底逐漸破舊，而是看著船內物品的使用軌跡，覺著這船不算太新，興許沉船的緣故就是因為老船敵不過風雨？

白棋心中湧上諸多猜測，看見大熊朝他指指水面，知道他又要上去一會兒，白棋點點頭，由大熊去了，他則回頭看自己氣瓶的刻度，差不多再兩分鐘就沒戲唱了。

白棋加快速度，到另一間艙房，一下就感覺眼前這間船艙跟之前的不太一樣，除了有一張尺寸較大的桌子，地板上也散落著墨水瓶跟金屬紙鎮之類的文具。

可能是航海士的房間，或船長的？

白棋暗想，同時到房裡四處摸索，但能開啟的抽屜都沒有放著什麼值得注意的東西。

大熊這時候回來了。

白棋正打算抓緊時間在船上其他地方查究一下，目光卻忽然愣愣地望回桌子。

桌子上有一道傾倒墨水的痕跡，在深色的木頭紋路上不算顯眼，不過白棋還是注意到了，他看了半晌，忽然蹲低身體，鑽到桌子下。

船上的家具都會鎖住以防滑動，大熊心想這小老闆別跑到什麼刁鑽的地方去了，卻忽然驚見桌子晃了一下，白棋隨即探出頭，雙手在桌子下面不知拉開了什麼，竟拿出一本簿子。

「做得不錯嘛！小老闆。」大熊讚道。「那張桌子我之前也摸過，怎沒發現有藏東西？」

他們已經上岸，白棋把拿到的簿子攤在草皮上晾乾。

「那是暗格，這把戲在歐美那時候還挺流行的，我也是看到桌上的墨水痕跡才發現，那墨水顯然在打翻後流進暗格裡面了。暗格的卡榫到現在還很精緻，要對準花紋才會開啟。」白棋說。

「哦！」大熊點頭應和，一邊望著這次新發現的簿子：「這好像是船長日誌。」

「你居然看得懂！」張寅湊了過來。

「排除那是無聊船員的日記，」大熊打趣道：「很多時候，船長日誌就像藏寶圖，比那些財寶還要有價值。」

「那說說裡頭寫些什麼。」

「等等，至少等它乾了一點才好翻吧，不然毀了怎麼辦？」大熊揮手趕走他們，「你們先準備準備吃飯，剛才這來來回回的，我體力消耗很大。」

他們又在這地方待了兩小時，白棋不時在附近晃晃，越看越覺得這地方有著說不出的神祕。

李桐生似乎也注意到了什麼，總趁他們沒注意時，又下水去了好幾趟。

「好啦！我都看完了。」大熊吆喝著。

白棋跟張寅聞聲而去，白棋打算戳破他的牛皮，呃，熊皮。「你別說你看得懂，你肯定是瞎扯。」

「騙你做什麼！」大熊拿著曬乾的船長日誌，翻閱著說：「哥的價碼這麼高，不是沒有道理的，這裡頭我大概看得懂七成，剩下的兩成是因為這船長字跡潦草，一成是因為字被魚給吃了。」

一聽就像在胡扯。白棋心道，還真想聽聽接下來能編出什麼來。

張寅直腸子，在旁揶揄道：「白老闆，你雇這傢伙來吹牛的嗎？」

「咳，不跟你一般見識。我就告訴你們吧，這艘船不是中美洲號，但日記裡頭寫的『賀登』就是中美洲號的船長。他們在海上遇見了。」接著大熊便選了幾個代表性的紀錄，說給他們聽。

08/30/1857

聽說這群可憐的人已受困十一天，在風雨中漸漸偏離了航線。我看見他們時，首先注意到他們顛倒的旗子，那是求救的信號。喔，上帝，真希望我們來的正是時候，但我們發現自己也快難以自保，這場風暴來得無聲無息，前幾天還是朗朗晴空，忽然間就暴雨傾盆。

然而賀登船長的表現非常冷靜，他告訴我，就在昨天，有一艘「海事號」才救走他們三百多位婦孺，他讓船上的婦女小孩先行逃生，所以我看見還留在船上的幾乎是男士與船員，此外，我也看見滿甲板的金銀財寶。那是非常豐厚的財物，我感到意外，問賀登船長為何要如此做，賀登船長說他們把所有財寶都拿出來，這麼做是為了希望經過的船隻願意救他們。

我們並沒有多少時間可以通話，風勢越來越強，我看見很多稻水的船員已經放棄一般，攤在船弦禱告，希望仁慈的上帝幫助他們，賀登船長也給了我一袋金幣跟黃金，說是冀望我能託付他們的性命……

09/02/1857

不知道賀登船長是否逃過一劫，他決心擔負起船長的責任，與船共生死的精神，讓我非常敬佩。願上帝保佑他們。

（有一段字跡模糊，無法辨識）

從那裡救下的五十多位乘客，縮在一起互相取暖，我替他們感到可憐，他們都經歷了一場生離死別，這導致我無法誠實告訴他們，船上的食物或許不夠，清水也快沒了，而我們的動力系統也出了一些問題，亟需修理。

「搞什麼？」張寅這時說道：「結果是個泥菩薩，救了等於白救。」

大熊道：「先別說現在科技進步，都還有沉船意外了，當時要是遇上風暴，簡直像宣判了死刑，我看這位小船長先前有幾篇也提過，海事號出現時，中美洲號早是一艘破破爛爛的船了，中美洲號的船長賀登是用逃生小艇，一批批把人送走。」

白棋很好奇為什麼這艘船最後會出現在這裡，忙著追問，大熊便接著跳到日誌比較後段的部分。

09/07/1857

當我們無法供應更多食物，很多乘客已經察覺不對，他們衝到船長室，拚命質問這趟航程還要多久才抵達陸地，他們只想盡快找個能靠岸的地方……天啊，問題是我跟我的船員們根本無法回答這個問題，這場風暴，也讓我們遠離了既定航程，我甚至發現這是一片詭異的海域，完全無法控制方向……喔！他們又要衝進來了！上帝，請保佑我！

「你們覺得這裡頭說的『詭異的海域』是指什麼？」大熊問。

張寅很誠實地答道：「完全不知道。」

「他還說了無法控制方向……是不是給什麼海流拉走了？還是漩渦什麼的？」白棋思索道。

大熊皺了皺鼻子，「你知道嗎？這就是這本船長日誌最討厭的一點，他提過好多形容詞形容這『詭異的海域』卻怎麼也沒寫下它的座標到底在哪裡。」

「還說過什麼形容了？」

「譬如……」大熊翻了翻日誌，「海面很平靜，幾乎連水波都沒有，還有我能確定我們正在移動，但我們的雷達毫無變化，我們確定雷達是能正常使用的，但它卻像報廢了一樣毫無知覺。另外，這裡也說時間彷彿凍結了，我們的哀嚎在這裡擴散，但誰也不可能聽見。」

張寅這時恍然道：「不會遇到什麼百慕達之類的空間吧！」

「老實說我還真這麼想過，而且覺得機率很大。」大熊露出一絲玩味的表情，「最重要的呢，我發現可能有個東西可以證明這片海域的存在。」

白棋問說是什麼證據，大熊又把日誌往回翻，指著那裡。

白棋悶聲道：「我又看不懂，你直接說吧！別賣關子。」

09/04/1857

我忍不住翻閱賀登船長交給我的航海圖鑑。那時候賀登船長把東西交給我，希望若是命運允許，能把這本圖鑑交給他的家族，這裡記錄他航海的細節，與這一生有關航海的記事，是他耗費心血保存的資料……我還是個年輕的水手，我對賀登船長充滿憧憬與敬意，但願他不會怪罪我。

（中略）我忽然記起圖鑑裡所述，有關這篇詭異的海域，當時賀登船長發現天際的異變，才觀察了片刻，那異變的風景就消失了，但賀登船長還是鉅細靡遺地把所見描繪出來，果然跟現在我所看見的一模一樣，而我們已無法掉頭……

我們永遠無法理解，這種景色是如何忽然出現的，彷彿上帝發怒了，將天與地完全倒轉過來。我看見它的第一眼是從天而降的屍體，扭曲的、腐爛的，如冰刨般打在我們的周遭。我們似乎闖進了惡魔肆虐的區域，這一切充滿血腥。我的船員們目瞪口呆，有些人甚至驚聲尖叫，已無法承受眼前所見者紛紛跳下船，對生命毫無留戀。

「他進去了。」張寅冷靜的態度就像一邊剪腳趾甲一邊說話：「進到百慕達，還是什麼異空間……還有屍體！這種『詭異的地方』我不久前才在電視看過系列報導，現在誰都無法否認，也無法證明。」

「如果能找到他們說的異變徵兆，也許就可以證明什麼。」大熊懊惱道：「但我沒看到裡面記載圖鑑的下落，我就想是不是沉到湖底了，所以剛跟李桐生決定輪流潛到湖裡去。如果能找到那本圖鑑……」大熊神祕兮兮一笑，「你們看，現在中美洲號還沒被找到，美國的打撈公司經過快要兩百年，也只打撈一小部分的黃金，那小部分黃金一定是當初賀登灑在甲板上求援用的，所以船沉的時候，那些財寶才會掉入海底。」

「你覺得中美洲號裡面的黃金還在？」白棋問：「然後跟著船一起到了『詭異的海域』？」

「不然還能怎麼解釋？」

「圖鑑不會早被魚吃了吧。」張寅說。

大熊反駁道：「你看這裡魚就這麼大，哪能吞下一本書？」

「分著吃不行嗎？」

「……」

「說不定有更大的魚。」

張寅這麼說時，大熊明顯臉色一變，直呼「童言無忌、全當放屁」。

沒想到幾乎同一時間，他們看見湖面激出一道水花，足足有兩層樓高。

李桐生剛浮出水面，正想上岸，卻被這水花晃得又往湖心漂去。

白棋一看大事不妙，誰知道湖底有沒有漩渦還是什麼的暗流。忙道：「快救人！」就跑過去想把李桐生拉上岸。

只是還沒靠近，就看見有條魚跳出湖面，登時，水花像驟雨一樣漫天濺開。

「完了！我就知道沒好事。」大熊嘆了一聲。

白棋跟張寅都看傻了眼。

白棋心道，他還真知道眼前這條魚的名字，雖然眼前這條魚比尋常尺寸大了一百一千倍吧。

說起來，他店裡頭就養了一隻，擺在玄關那裡招財。

「我的天！哪來一條比鯨魚還大的金背龍魚！」大熊嫌煩地叫道。

第二十六章　金背龍魚

金背龍魚衝出湖面，在半空畫了一道弧線又潛進水裡。湖水受到波動，像海浪一樣往岸上湧。

白棋看見李桐生在湖面載浮載沉，正想衝過去時，大熊拉住他，大吼道：「你下水也是送死！」

「我不能袖手旁觀！」

「誰讓你袖手了，用安全一點的方法。我們先拿繩子綁在樹上，以免全被拖進水裡。」

情勢危急，大熊說得簡略，不過白棋大致能明白他的意思。

大熊把自己的背包背著，包上有個拉環，他拿個帶勾的繩子鉤住拉環，然後挑一棵距離湖邊較近的樹，把繩子繞樹一圈，然後讓張寅跟白棋用接力方式拉住繩子另一頭，把繩頭當救生圈一樣拋給李桐生，這樣李桐生如果被水流沖走，他們還能使力把人拉回來，大熊也會卡在樹這裡當支撐，省得所有人都給沖走。

金背龍魚此刻在湖底悠游，白棋不用俯瞰，就知道湖裡被這大魚帶動的暗流有多強，他在把繩子拋給李桐生時，隨即發現繩子不夠長，於是他一手捏著繩頭，一手朝李桐生伸長，希望能抓住李桐生的手。

李桐生好幾次快要碰到白棋的手，卻又被捲進水流，白棋不自主越來越進入水中，就想抓住李桐生，後面的張寅為了穩定繩子，下半身幾乎已經泡在水裡頭，大熊拉緊背包，為免勾環脫落，整個人的後背也抵住了樹幹當支力點。

「我在這裡！」

眼看李桐生被扯進水底一次，白棋就大喊。

李桐生一鑽出水面，聞聲便能知道白棋的位置。

可是他們試過幾次不成功後，李桐生忽道：「你們走開！上岸！」

白棋愣了一愣，陡然感覺有點生氣，想自己在他這個年紀，被老掌櫃折磨得死去活來都不敢死了。白棋不想讓李桐生放棄，一咬牙，手又更用力伸出去，感覺身體差點被自己撕成兩半，可終於被他抓到李桐生的手，他不自覺笑了出來，心裡決定等會兒得找機會教育教育這孩子，沒想到瞬間在李桐生身後出現了一個洞穴……不！是魚嘴！

白棋看見金背龍魚張開嘴，像鯨魚吞食魚群一樣，想把李桐生吸進去。

似乎是聽見了我們的禱告，上帝以難以言喻的方式結束了我們的痛苦。

船身劇烈搖擺，失去船帆的我們，筆直朝一道漩渦隨波飄去。我們都看見那漩渦像極了血盆大口。我們看不到希望。

所有人都恐懼萬分，最後放棄掙扎地仰頭望著，天空已經歪斜了，沒有風，只有絕望的氣息。

最後，我感覺有一股濕膩的觸感滑過我的肌膚，好似有什麼怪物伸長了舌頭，正在黑暗中舔舐我們的血……

剎那間所有湖水都往魚嘴的方向流，而且水流很快，大熊差點拉不住，簡直是死命扒在樹幹上了。

大熊心想，撐住、撐住，等這龍魚闔嘴，不管李桐生有沒有被吃掉，他至少可以把剩下兩個人拉上來，雖然有點遺憾，不過全軍覆滅的話，這趟尋寶就不用玩了。

就在大熊看到金背龍魚的嘴微微閉起，以為可以度過這場劫難，沒想到殘酷的事情就這麼發生——樹幹動了。

大熊能感覺自己抱的這棵樹幹開始搖晃。

不是吧！

大熊心裡一聲哀鳴，接著，樹幹被連根拔起。

他一個人當然撐不住四個人的重量，何況還要抵抗水流。

於是他們毫不意外全給吞進了魚腹裡。

在大熊最後的視線，是那鬆脫地面的樹，可能是被湖水一沖，土壤跟著變濕，所以樹根抓不住地。

後來大熊反省這件事，得到兩個教訓：第一，他應該直接拿包裡的火藥去炸那條魚，或是讓張寅開槍，這條龍魚很明顯沒被列入國寶，而且這等危難關頭，相信沒人會介意；第二，水土保持很重要。

第二十七章　造訪九龍城

很難受。

但必須醒來！醒來！

白棋意識到自己昏迷，同時意識到自己該清醒過來。他猛然起身，張大了眼睛，一看見身邊躺著李桐生，就怕他溺水，趕緊聽他的心跳。

就在確定李桐生還有呼吸的瞬間，白棋鬆了口氣。接著目光也看到大熊跟張寅，歪七扭八地倒在旁邊。

他也過去探察他們的心跳，幸好都只是昏過去了，他想說大熊體力好，先叫他起床商量對策，剩下兩位同伴可以稍事休息，可大熊才沒那麼好心，他很快把那兩個也挖了起來，因為他看見，一座城宇就在他們身後。

「你不覺得身體黏黏的嗎？」張寅摸著沾在手掌的薄膜，那觸覺讓他想到洗碗精。

而且地上一堆碎屑像乾掉的保鮮膜，看不懂到底是什麼成分。

大熊倒是豁達：「我們不是被吞進去的嗎？誰知道我們從哪個地方出來的。」

張寅臉色一沉，覺得自己不該再想下去。

這裡又跟剛才湖邊的景色不同，置身其中，像被茂密的大樹擠在這裡。

他們是在一片泥濘的草地上醒來，草地的一頭跟剛才的湖水相通，可是看不到整個湖面，只有一道縫隙。

白棋感覺那金背龍魚可能把他們四個像產卵一樣丟在這裡，難怪衣服上都沾著薄膜，應該是魚的體液，但他看張寅的反應，心道還是別說比較好，因為他搞不清楚魚的產道跟腸道是不是同一條。

白棋問李桐生：「你沒事吧？有沒有哪裡受傷？」

李桐生搖搖頭，接著把一本書拿了出來，說是他在船底一具屍骸衣服裡找到的，大熊一看，正是他們之前一直想找的航海圖鑑。

好不容易拿到航海圖鑑，但大熊的心思已經不在那上頭，他把圖鑑隨手收到包包，幾乎是連跑帶跳走到那座城的門口。

白棋仰頭一望，這座大城有一圈高牆圍住，只能看到頂上的飛簷，模樣宛若古色古香的宮殿，但他看不到整座城的外型。

大熊已經開始研究門上的圖案。

那是一面雙開推門，中間一副握環，門扉上刻著一幅很精細的龍紋圖，看似很多條龍聚集在一起，白棋一看就曉得這地方不一般，以前的人可不是誰都可以把龍刻在門上。

大熊指著門底下有個小巧的標誌，然後看了李桐生一眼，李桐生默然頷首，大熊的臉立時興奮起來，明顯得就差沒公告天下他真的很高興。

看到他們之間的互動像是暗號似地，白棋好奇道：「那標誌有什麼意義嗎？」

大熊解釋說：「這是香山幫的標誌。香山幫是世上最擅工藝的一群人，這個標誌出現在這裡，就可以證明這裡正是他們製作的——」大熊話鋒一轉，道：「小老闆，你看這裡刻有幾條龍？」

其實剛才白棋在看到這幅龍紋圖就在心裡默數一次，在這種狀況下，白棋根本無法抗拒這些散發著古董氣息的物件。

「九條。」他回答

大熊接著自信滿滿地說：「沒錯，這九龍的圖案加上香山幫的標誌，我可以確定，這裡就是傳說藏有寶藏的九龍城了！」

白棋倒抽一口氣，終於又聽到「九龍城」這個稱呼！他眨眨眼，就怕聽錯，沒想到竟在毫無心理預期的狀況下就到了。

「秦叔就是……就是為了這九龍城裡面的寶物？」白棋愕然地看著大熊，大熊點頭後，白棋心中忽然有種如臨大敵的感覺。

就差一點！就差一點了。白棋心道，很快他就能理清頭緒。

「走吧！我們邊走邊說，這要不快進去，實在太對不起自己。」大熊說著，已經推開了門。

白棋一看，立刻就有疑問：「這麼簡單就能進去了？」

「進去很簡單，你都找到這裡了，區區一扇門擋住又有什麼意思。」大熊竊笑一般地說道：「機關盒最聞名的，不是進不去，是出不來。」

最後三字，白棋感覺像在聽靈異事件，害他一激靈，只好轉移注意力，「機關盒又是什麼？九龍城的別稱？」

「相反，」大熊拿著手電筒，一邊照著門內探查情況，一邊說：「機關盒是總稱。臺灣有幾個機關盒，其中一個就是九龍城。」

白棋輕嘆一聲，「機關盒聽起來就不懷好意啊……為什麼會有人想布置這種東西？」

「這哪有為什麼，你說你如果得到一個寶物，是不是鎖到銀行保險庫裡？這些得到寶物的人也一樣，只不過他們的保險箱沒人看守，所以設了幾個機關，防止被盜。」

「那這個保險箱還真夠大的。」張寅搭腔。

話剛說完，眾人就覺得腳下一沉，大概陷落五公分的高度而已，接著就沒了動靜，可這同時，他們身後的門自己關了起來。

張寅最先跑去開門，拉了幾下，居然像被上鎖，完全拉不開。

「哎呀，馬上就第一個機關。」大熊笑道：「已經沒有回頭路了。我看這陷阱已經記錄下我們的體重，記錄完成就關閉了入口，伙伴們，我們只能往前走囉。」

看大熊說得雲淡風輕，可惜白棋心裡輕鬆不起來。他偷偷看李桐生一眼，這少年依然鎮定，卻一臉若有所思的樣子。白棋暗暗打起精神，想到這些人都是因為自己而聚在一起，他怎能示弱！

四道手電光在這略顯昏暗的通道來回，周圍靜得只聽得見彼此的腳步聲。

白棋正覺得奇怪，從剛才進門到現在，至少步行一百公尺左右了吧，但是剛剛他在外面看，連接城體的通道並沒有這麼長。

難道直接走到城的深處？那何必建那麼高一座城？

這時連張寅都感覺納悶了：「我看都要走到山裡面去了吧！」

「嗯，很奇妙呢……」大熊帶著笑意喃喃道。

就像回應他們的疑問，眼前的路忽然沒了，卻有一道更高聳的門，但那門沒有可以施力開門的地方，如果沒有跟其他牆面不一樣的材質，乍看之下倒像一面牆。張寅問說怎麼辦，大熊開始在這門上尋覓起來，可能是想找機關還是開關什麼的。

白棋趁機看了看旁處，剛才走過沒瞧仔細，這地上竟比走道牆壁還要引人注意，白棋發現地上被光一照就閃閃發亮，好像是灑了什麼礦物，而且錯落的方格內似乎還不同材質，他一直以為是鋪了瓷磚，所以鞋跟踏在地面上時發出清脆的聲音，但這裡鋪地用的材料顯然不是瓷。

大熊在門上東敲西敲，最後站起身來。張寅以為他找到玄機，一問之下才曉得大熊這是蹲到腿酸而已。

「啊？剛才說得像行家一樣。」張寅酸他。

「我之前是去過幾個地方沒錯，可是這機關盒，我也是頭一次來，不如說臺灣還沒幾個人到過機關盒裡面。」大熊一轉身，就看白棋歪著頭盯著地板，「小老闆，研究起什麼了？我托秦老闆的福才能到機關盒闖一闖，我可指望你平常有聽他說些什麼線索好破關呀。」

白棋說道：「我沒聽秦叔說起有關機關盒的事，我之前連機關盒都沒聽過。對了，大熊，你剛剛是不是說，機關盒記錄了我們的重量，然後啟動機關把門關上？」

大熊點頭道：「是啊，我之前碰過一個機關，跟這個大同小異，不過那是在記錄重量的同時，只要踩錯地方，整個人就會掉進陷阱。重量計算太過靈巧，是等你整個重心都壓上去了才啟動，所以根本來不及把腳抽回來。」

張寅聽了不由壓下嘴角。

白棋露出思索的神情，「那這裡記錄重量的目的是什麼？還有，我們剛進來的路，沒有鋪這些像礦石的東西吧？」

「嗯。」

白棋又靜靜盯著地上看一會兒，忽然就趴在地上開始研究起那些礦石磚，那模樣挺像在找掉落的隱形眼鏡。

白棋喃喃道，可惜放大鏡丟了，不然他可以更快分辨這些礦物的不同，但他用手摸索一下，心裡還是有個大概。他轉頭問大熊：「那門是什麼材質？」

大熊答道：「可能是玉。不知道是什麼玉，但我確信厚度至少有三十公分。」

接著白棋便動手去摸那扇門，看它觸手的溫度，還用手電光貼近去照，不到一分鐘，白棋說道：「是玉沒錯，但又不是真正的玉。」

張寅問：「什麼？像在繞口令似的。」

白棋說道：「其實古人對於玉的定義非常廣泛，很多類似材質的礦物都稱為玉，到現在也是，幾乎各國對玉的定義都是不同標準。」說到這裡，白棋感覺這不太像是個說故事的場合，便自覺地長話短說：「總之，玉可分硬玉跟軟玉，這個，我看是軟玉的一種，成分主要是鈣跟鎂，所以大部分看來成白灰色，如果有放大鏡，可以看見裡頭的結晶很漂亮，是斜長狀的。」

說完，他們一陣沉默。大熊道：「我覺得您可以去開課了，小老闆。」

白棋尷尬道：「我想說的是，我發現地上有三種礦石混著用，其中一種就跟這扇門是一樣的材質，你們看，這裡除了這門跟地上的礦石，就什麼也沒有了，所以我們就該在其中之一著手。」

「哦！我懂你的意思了。」大熊打了個響指。

張寅仍一臉茫然，「說什麼？我不懂。」

「我們先回這個礦石路開始的地方，沿著跟軟玉成分相同的路徑走，你看地上這些磚，上面有格子可以經過，我們要順著某個路徑，然後抵達門前的方框，方框感受到我們的總重，門應該就會開了。」白棋耐心解釋。

於是他們又返程走了五十公尺，由白棋開路，其他人則踩著白棋的腳印走。

張寅一邊走一邊發問：「那為什麼剛才我們全站在門前，一點反應也沒有？不是感應體重嗎？」

大熊調侃道：「張警官，你真是一點尋寶天賦也沒有。這裡的地上分成三種地面，其中兩種的下方是『實』的，感應不到重量，只有照這某種材質走，才會讓機關感應到我們的體重。」

張寅瞪了大熊一眼，忽然停下來，一腳故意在旁邊的礦石路上空晃來晃去。

「告訴你，你別再鬧我喔，不然我隨便踩一腳，到時我們就重走一百次。我當警察的體力好，連續幾天幾夜抓犯人都不用睡覺，我就跟你耗在這裡。」

「好好，是我口無遮攔，」大熊一臉無奈，「但很高興你終於理解最好不要踩錯格子。」

張寅得意地哼笑一聲。

白棋看那兩人拌嘴，每次都在考慮要不要出去圓場，因為看他們說是吵架，又沒那麼嚴重，說是鬥嘴，卻又好像還真的吵起來，還好這次也和平落幕。

重走這次花不到一分鐘，他們依序回到了門的前面，當殿後的大熊把重心完全踩下，他們眼前的玉門驀然往上抬，發出一陣石頭摩擦聲。

他們看到了一個房間。

第二十八章　受困（一）

「小老闆，你這是頭功啊！」大熊讚道。

「太好了，我也沒想到會這麼順利。」

白棋有點不好意思，但確實給自己打氣不少。剛剛沒聽李桐生說過話，他不免朝李桐生瞅一眼，曉得這少年不多話就算了，有好好跟上就好。

出現在他們眼前的房間目測面積約是十五平方公尺，格局相當方正，沒有任何擺設，四面牆是木紋，地上鋪著深紅色的毯子。

這個空房間的正對面與右側牆面各有一條通道，得跨過一道門檻，才能踏進新的房間。白棋一夥人湊在門檻邊看，從這空房間往外連接的房間跟這裡的風格幾乎可以說一模一樣，而且新的那間房有兩面牆也開了通道。

白棋一看這格局，就知道不太妙。稍微放目望去，其餘的空房間想必也有新的通道，肯定又連著另外幾間房，宛若樹枝狀地散布開來。

「是迷宮，算是老把戲了，但我不相信會這麼簡單。」大熊說道：「如果沒有機關的話，要走完所有房間只是時間問題，做個記號就可以回頭走一次。」

「設計迷宮的人難道不能發發善心嗎？」張寅儘量保持樂觀。

大熊聳聳肩，「那我們只能走走看囉，再怎麼說，本來不實際闖一闖也不曉得會啟動什麼機關，說再多防備的話只是空談罷了。但為了以防萬一……」大熊拿出準備好的記號筆，說：「我們還是做個記號比較保險。」

大熊帶頭領路，決定先從每個房間的左方通道開始走。每跨過一道門檻，就在新房間的牆面畫了一道記號。白棋起初看不懂大熊留的記號，不過大概走到第八間房的時候，就差不多領悟過來，原來大熊寫的是古埃及數字符號。

這周遭安靜得很，連一絲風聲也沒有，空氣有些悶沉，吸進鼻腔彷彿都會夾著一些灰塵。

「對了，你們記得別亂碰，要是觸發機關可就吃不了兜著走。」大熊說道。

「也沒什麼好碰的吧！」張寅應道，語氣聽起來有些煩。

也難怪張寅有些沉不住氣的樣子，白棋心想這些空房間不僅格局相同，也沒有任何擺設，如果閉著眼睛走，還會以為自己在原地踏步似的。原本就不知道迷宮多大，走了許久又是相同風景，難免會讓人的內心產生緊張與煩躁。

他們踏進第十間空房間的時候，看見通道的開口變了。方正的房間裡原本都是開著兩個通道，這第十個房間只剩下右邊一條通道。

既然只剩一條路，他們也就無從選擇了。大熊做了記號後，就從這個右側的通道繼續前行。但過了這個通道，仍繼續朝左側的方向走，像是沿著迷宮的最外側行走，如此一來至少可以大致圈出迷宮的範圍。
李桐生一直待在隊伍的最後，幾乎聽不見他的腳步聲與呼吸聲，白棋有時候都會以為李桐生走失了。他這時往後看一眼，才發現李桐生拿著小刀之類的工具在兩個房間的交界處牆面划了一痕。
又走了一段時間，大熊忽然低呼了一聲：「不妙！」
「怎麼了？」張寅問。
大熊指著牆邊那抹記號。
白棋一看就曉得了，「這是我們剛剛走過的第五間房！」
看似大小相同的房間，距離相等的路徑，此刻卻顯然繞了很大一個彎，然後複雜地連通著所有房間。
而他們竟無從感覺其中的空間感。
這表示他們身處的這個環境，有著某種足以混淆感官的條件。
白棋發現李桐生的臉色似乎也罩了陰霾，變得更加深沉。
這天他們剛經歷從金背龍魚的吞食下死裡逃生，所以接著再走沒多久，差不多都累了。
他們停在一個房間裡，吃些乾糧補充精神，由於不曉得哪時候才能出去，連水也節省著喝，然後各自席地睡覺。

四個人難得不再多話。

醒來的時候，也不知道是不是早上，時間的概念到了這裡好像都淡薄了。

白棋看大熊已經坐在那兒研究先前走過的房間路線示意圖，那筆記本上的圖案畫得簡陋，還有幾道修改的痕跡，是因為遇上了重複的房間，於是只好畫了條線將兩間房連起來，但實際走著，房間之間並沒有走廊，只有跨過一道門檻的差別，所以兩房間到底是怎麼相通的，實在叫人無法想像。

白棋所能想到的，就是「錯覺」。

機關盒的設計者利用了某部分的錯覺，引導走入其中的人產生迷路的錯覺。

白棋起身，在這空房間裡沿著牆走了幾步，探索似地輕敲牆面，想像著能像電影演的那樣，如果牆面敲出空心的聲音，他們或許可以考慮鑿牆，可惜事與願違。

儘管沒有發現空心牆，白棋卻意外發現木紋牆面底下有一些模糊的痕跡。

「大熊，你看看這是什麼？」

大熊靠近，張寅也好奇地湊上來。只見木紋牆面底下有一塊類似用砂紙摩擦的痕跡，而那些貌似箭頭的記號幾乎被磨砂痕跡掩蓋。

大熊鎮定說道：「標記的時候我也有注意到。但這並不稀奇。」

白棋猜測：「這難道不是之前來過的人所留下的記號嗎？他們是不是已經通過這個迷宮，為了不讓別人知道而回過頭來消除痕跡？」

大熊搔搔食指。「小老闆你猜錯了。」他說：「這些記號確實是之前來過的傢伙們留下的，可是磨掉痕跡的，不是同批人。」

「那會是誰啊？」張寅問。

大熊說：「想把我們困死在這裡的人。」

第二十九章　受困（二）

「舉凡是藏寶地，幾乎都設有機關保護，」大熊解釋道：「可是絕大部分機關被觸動一次就會失效，或者因為年久失修這些雜七雜八的理由而故障，這時候為了保持機關發揮效用，會有人定期維護藏寶地的機關，嗯……簡單來說，就類似守墓人的存在吧，我們這行都叫那些人『守寶者』。」

「這麼說起來……」張寅看看四周，「這裡每個房間的確是都滿乾淨的，連一張蜘蛛網都沒有。」

「不只蜘蛛網，」大熊接話道：「恐怕連屍體也處理得乾乾淨淨。」

「媽的，你就一定得這樣嚇唬我？」

「說實話罷了。」

張寅懶得和大熊瞎扯，回去位置準備收拾東西出發。

「那些被稱做守寶者的人，想必對這個迷宮相當精通吧。」白棋嘆道。

「當然。」大熊說：「所以有些尋寶團出發前，不找地圖，反倒先去尋找守寶者的下落，抓一個來問路是最取巧的方法。」

「那你怎麼沒先去找守寶者呀？」張寅抱怨。

「也要找得到再說啊！而且人家還會真的老實給你帶路啊？守寶者一族幾乎都是餵毒長大的，要是洩漏藏寶地的祕密，馬上毒發身亡。」

沒想到會有這等內幕，白棋心中不免一凜。

他們繼續出發。

「現在是什麼時候了？」

又結束一餐。這趟剛出發走新路線，張寅就問了。

大熊一邊在筆記本上記事，一邊答道：「不知道。在這裡所有的電子儀器全都故障，手錶也停了，我剛看過，連指南針也跟著胡亂打轉，可能牆裡埋了磁石，想藉此影響我們辨別方位。」

白棋記得李桐生還有個懷錶，便去問他：「你的懷錶也不動了？」

李桐生微微點了頭，沒有說什麼。

後來又是好一陣子的沉默。

經過的每個房間都像用同個模子刻的，直看得眼花繚亂。

白棋隱約察覺這個環境會對人的心理造成某種壓力，而且這股壓力正在他們之中默默擴散。

如果說房間裡的裝飾稍微不同，還能讓人感覺有在移動，但現在每踏入相同的房間，就好似再度原地踏一步，尤其在這種無法預期哪時候可以走出去的狀況，無疑讓這種受困的心理壓力倍增。

休息的時候，他們圍著野營燈坐下，有一搭沒一搭地啃著糧食，彼此看起來都滿懷心事。

白棋扯出微笑想聊天緩和一下氣氛，便開了話匣子：「張警官當多久的刑警啦？」

張寅瞥了白棋一眼，低聲道：「七年。」

「這工作挺危險的吧。怎麼會想當刑警？」

「我在接受長官面試的時候，說的都是伸張正義。」張寅道：「危不危險都是自找的，你要真不想蹚渾水，有的是開巡邏車跟鄰里聊天的輕鬆工作。」

「是啊，今天就是警官您自己蹚進來了。」大熊隨便搭話。

張寅一聽就不高興了，「奇怪了！現在困在這裡，我是有怪過你嗎？你在那裡說什麼風涼話？」

原本在清點行囊的大熊給這一說，立時停下手邊的工作，瞪著張寅道：「我說風涼話？我他媽的哪時候說過風涼話了，你兇什麼！以為自己在這裡還是高高在上的警官大人嗎？」

「你這傢伙！兇的是你吧，要不是你打擾我們警方辦案，我現在會在這裡打轉嗎！」

「真好笑，擺明了是你們警察沒頭腦——」

「好了！」眼看兩人就要揪著對方的衣領，白棋趕緊跳出來，擋在他們中間，「我知道現在大家都煩，全冷靜冷靜。」

大熊哼了一聲，「是這位警官大人搞不清楚狀況，以為其他人的生活都跟他一樣好混。」

聽到刺耳的稱呼，張寅重重皺了眉頭，下意識掏槍出來對著大熊，揚聲道：「我之前已經警告過你，再敢鬧我，我就跟你沒完！」

「你不開槍我還真以為那把是玩具咧！」

霎時間，張寅真給激怒，差點就開槍讓大熊去跟閻王爺報到，但好歹理智佔上風，也就是腦海自行模擬過癮而已，但是白棋可沒搞懂張寅的心理變化，只怕張寅被說動，真的扣下扳機，結果他趕忙伸手一抓張寅持槍的手腕，然後壓到一邊。

張寅真給白棋這舉動嚇到，慌亂之際誤觸扳機，登時發出好大一聲槍響！

槍聲在房間裡久久迴盪。

白棋呆住了，被張寅大罵：「你知不知這樣很危險！哪有人直接撞上槍口的？你是想請我吃牢飯嗎！」

白棋愣愣地鬆手，一臉歉意，「我不是故意的……」一想，又覺得哪裡不對，怎麼和事佬反倒被罵了。

那一槍打在牆上，子彈嵌入牆面將近一公分，把木製的牆壁打裂一個縫。

大熊轉過身去，算是拉下面子，不再理會張寅，卻發現李桐生盯著那牆上的子彈看得入神。

第三十章　陵居驚現

這次醒來後，白棋感覺頭腦還是昏沉沉的，不過怕耽誤大家的行程，所以他強打精神，也沒跟誰說他好像又發燒了。

大熊的筆記本已經畫到第三面，密密麻麻地標示著將近一百個房間。

今天——或許不該說今天，他們已無法計算到底經過幾小時——決定要休息的時間能感覺比先前來得晚，身體很疲倦，腳板幾乎都磨出了水泡。

他們都能感覺到強烈的飢餓感，但卻怎麼也難以把乾糧吞下肚。而且大熊暗暗估計著，他們身上的糧食加起來再撐也撐不了幾餐了。

睡到一半的時候，白棋被熱醒，他覺得全身都在發燙，但額上卻在冒冷汗。

強烈的不適感終於從四肢襲上，讓他每挪動一下身體彷彿都會聽見腦袋裡嗡了一聲，像有人在密閉空間打鼓。

他在大熊的包裡又拿了一粒消炎藥，含進嘴裡乾吞，他儘量壓低聲響，以免吵醒其他三人，挪到距離他們較遠的那面牆去。

他靠在牆上坐著，一下閉上眼，一下又睜開看著野營燈那裡的同伴，似乎意識迷濛地數度穿梭睡眠與現實，不知第幾次睜開眼時，他看見李桐生朝他走過來。

「吵醒你了？」白棋苦笑。連他都感覺自己的呼吸像在哮喘，聽起來怪可怕的。

李桐生一言不發，半蹲在白棋身側，盯著白棋的臉，似乎在打量白棋的身體狀況。

白棋被盯得有點不自在，才聽見李桐生道：「你可能是中毒了。」

「中毒？」白棋茫然地問：「我怎麼……？我完全不知道。」

李桐生又探了探白棋的脈，模樣看來很專業。

白棋問道：「你學醫？」

李桐生沒回答，只低聲說：「應該不礙事。」

聽了這句話，白棋不由勾起唇角，好像已經滿足，他昏沉的腦袋繼續靠回牆壁，虛弱地把身體重量全倚在牆壁上。

他看見李桐生在他旁邊一起坐著。

眼前是大熊跟張寅在一邊熟睡。

不知在這迷宮過了幾天，臉上的鬍渣都長出來了，身上也發出了掩不去的汗臭，整個人看上去跟流浪漢沒兩樣——除了李桐生。白棋不用照鏡子都知道他們全是這副邋遢樣。不過還能要求困在機關裡頭的人在意服裝儀容嗎？

白棋望著眼前，忽然開口：「大熊說你也是財庫的人。」

李桐生淡淡嗯了一聲。

「你才十九歲，也想尋寶發財嗎？如果家裡有困難，可以告訴我，我想法子幫你，好歹我們認識一場，你又陪我走這一遭。」白棋的聲音有點虛疲，幾乎是用氣音說話：「我看你的身手跟態度，已經訓練有段時間，那是你要的嗎？你有沒有想唸書？」

這次李桐生沒有回應，白棋轉過頭看他，看見李桐生也在盯著遠方，不知道有沒有聽見他說話。

不會是生氣了吧？

算了，那表情看起來就像一直在生悶氣。

白棋有種豁出去的感覺，可能是不太願意看見有跟平常大學生不一樣的年輕人，白棋接著說：「我就想再唸書，念個學位什麼的，我店裡有個伙計元鎬……算了，不說他，反正你如果來我店裡，可以一邊工作一邊唸書，我不會為難你。」

李桐生眉尾稍微抽動了一下。「你總是這麼幫助人嗎？」

「……還行吧，力所能及的話。」

還以為接下來能跟李桐生敞開心扉聊一聊，但李桐生繼續緘默。

沉默一陣，白棋說道：「你爸媽是不是都不在了？」頓一頓，見李桐生沒說話，他接著說：「你別介意，我沒什麼其他意思，就是覺得你跟我挺像，我爸媽也都不在了，十三歲那年，他們一前一後離開我。」

白棋像自說自話似地，一個人說個不停，「你很難過吧？我也是，難過，不過還好遇到秦叔，生活能繼續過下去……你身邊還有親人嗎？親戚？不管怎麼樣，你身邊至少有個在乎你的人，關心你的死活。在湖邊的時候，你讓我們放棄救你，我就覺得你是個蠢蛋，哈……如果你真被那條龍魚吸進肚子裡，我肯定會惦記你一輩子……」

野營燈閃了一下，似乎是剩餘的電力不足，光線微弱了一圈。

不再聽到白棋喃喃自語，李桐生瞥著白棋睡去的臉部表情，慶幸話題就此打住。

他身邊在乎他的人，多得超乎白棋想像，可是全然不是白棋所認知的那種「在乎」。

他從以前開始，就不斷想像自己的死期。

想像自己被塞進一個狹窄的盒子，抱著膝蓋蜷縮著，宛若蝴蝶的繭。

但蝴蝶面對的是新生，他面對的是讓肉體化成血水的死亡——想到這裡，他就覺得腦筋逐漸混亂。他告訴自己不能再想，每想一次，心情就會動搖一次，那麼他存在的意義就會變得岌岌可危。

糾雜的情緒裡，只聽一道詭異的蠕動聲劃破寂靜。

李桐生剎那間看見門檻的另一端冒出一張臉，五官像拼貼成的一樣怪異。

那張臉先是看向大熊那處，接著像是發覺近處有人，便猛地轉過來。

李桐生看見這張臉黏在一尾將近兩尺高的魚身上，牠的腹部長出粗壯的四肢，全身覆蓋著鱗片，當牠與李桐生相對時，牠前肢著地，發出細微的咕嚕聲。李桐生終於看清楚這是什麼玩意了——是陵居！

簡直就跟部落靈廟裡的那雕像型態一模一樣，而且體型非常龐大。

大熊這時似乎察覺不對勁而醒了過來，一看這情況連忙大叫張寅起床。

李桐生看見陵居詭異的人臉好像瞄準了白棋，心裡暗呼不好，忙抽出防身的登山刀，恰恰擋住陵居衝向白棋的魚嘴。

「白棋！」李桐生急急喊了一聲。

大熊跑過來，一把抓起剛朦朧轉醒的白棋。「小老闆，都什麼時候你還能睡！」

「嗯？」白棋還在狀況外，就被大熊連拖帶拉地帶走。

白棋往後看一眼，嚇得精神一振。

李桐生往陵居的身上刺一刀，陵居瞬時往後滾開，似乎被李桐生惹惱，接著一鼓作氣衝向李桐生，那衝擊把李桐生整個人摔到牆壁上。

「哎！別過去湊熱鬧了，那不是你可以應付的角色！」大熊用力把白棋拉回來。

白棋著急道：「那也不能放他一個在那裡！」

「他會跟過來的！」大熊轉向張寅，大叫道：「快跑，往有標示過的房間跑！」

他們拚命地跑。

白棋跑得上氣不接下氣，心臟噗通亂跳，彷彿正卯足全力衝上十層樓。

大熊指揮著暫且停下，他們貼在牆面，往門檻外窺視動靜。

白棋靠著牆喘氣，剛站挺身體，一波暈眩朝他襲來，他一個踉蹌，趕忙伸手扶住牆壁支撐。

「李……李桐生呢？」白棋艱難地問。

「還沒看見。」大熊觀察情況，也已經把小刀拿在手裡，他罵道：「混帳，哪裡跑出一隻怪物！」又回頭看著白棋與張寅，交代道：「不管怎樣，等等都往有標示過的房間逃，至少那些房間有紀錄，不至於迷失。」

說著，他們隱約聽見一陣腳步聲，大熊往外窺探，見李桐生正在找路，連忙喊他過來。

「那怪物呢？」大熊問。

李桐生說道：「我引誘牠繞了一大圈，不知道去哪裡了。」

這時他們都看見李桐生手裡的登山刀缺了好幾角，刀刃上還黏著黏稠的透明液體，就像那時候他們被金背龍魚吞掉，留在衣服上的黏液一樣。

大熊露出嫌惡的表情說：「那怪物不會是金背龍魚生的吧？老媽就好好的，怎麼小孩奇形怪狀。」

李桐生把登山刀丟在一邊，從背包拿了一把新的小刀。「牠的鱗片很堅硬，普通辦法不好對付。」

白棋看了看那登山刀上的碎屑跟黏液，想了想，問：「那怪物全身覆蓋著鱗片跟這噁心的液體？那是不是移動就會留下痕跡？可是我們之前經過的房間，看起來都很乾淨，如果怪物曾經過的話應該會有污漬。」

「小老闆，你想說什麼？」大熊問。

「那個怪物會不會是突然出現的？」

「本來就是突然出現。」張寅罵道：「差點把我嚇到有心理陰影！」

「不是啦！」白棋進一步說：「如果把我們走過的所有房間當作一層樓，那麼假設這怪物之前也跟我們同一層樓，不可能沒經過這一百多個房間，也就是說，很有可能是我們不知道引發什麼機關，那怪物才跑到我們這層樓。」

「該死！我們什麼都沒做，只是走來走去而已。」

張寅這一說，大熊竟忽然一笑：「對！就是這個！我們只是走來走去。哼，我知道了，一定是我們已經接近出口，某房間感應到重量，所以觸發了機關，把那怪物丟過來想阻止我們。」

白棋道：「那這樣的話，那怪物出現的地方，就是最接近出口的地方？我們是不是要回去？」

「噓！」李桐生打斷了這場對話。

安靜下來時，他們又都聽見了那令人反胃的蠕動聲。

第三十一章　脫逃

陵居移動的姿勢非常彆扭，雖然有四肢，但卻像用魚腹摩擦著地板前進，四肢彎曲的角度讓人聯想到骨折。

最可怕的還是那張人臉，白棋想起有些魚類或兩棲生物，在牠們的身體可以看出有人臉的斑紋，但那只是「有點像」，絕不像此刻陵居額頭上的那張臉，完全長出了五官。

「你們先走。」

李桐生立刻就衝了上去，一刀刺進陵居的身體，陵居吃痛，轉向李桐生，作勢攻擊。

白棋心驚膽跳地看著，想幫忙卻不知怎麼著手。

大熊這時也擺出了開打的架勢：「怎麼能讓你出盡風頭！」說著就去劃了陵居的魚尾一刀。

結果陵居好似被惹怒，動作比之前快，先是撞了大熊一下，接著又轉向李桐生，咬到李桐生的衣服，把人整個甩出去。

白棋的心又是一跳。李桐生重重摔在牆上，跌坐在地。白棋跑了過去，扶起李桐生問：「受傷了嗎？」

李桐生推開白棋的手，堅強地站了起來。「你躲遠一點。」他說。

白棋這時看見李桐生的眼睛掉了一個「東西」出來，起初還以為李桐生眼睛流了血，但仔細一看，居然是個有著紅色瞳孔的隱形眼鏡！

「怎、怎麼搞的……」白棋不可置信，以為自己看錯，一抬眼，果真看見李桐生一邊赤色的眼睛變成了黑色。

就像尋常人一樣，普普通通的黑色瞳孔。

可是怎麼可能呢？白化症的人就是缺乏黑色素才會使瞳孔看來是紅的，如果李桐生原本就是黑色瞳孔……那他白色的頭髮是怎麼回事？白棋很確定那是從髮根開始就全白的髮絲，不可能作假的啊。

李桐生似乎也發現有色鏡片掉了，頗是懊惱地皺了皺眉頭，可沒時間解釋，就在白棋一陣愕然中，李桐生又朝陵居衝了出去，不過還是被甩得老遠。

張寅不耐煩了，大叫道：「你們那哪夠看，閃開點！」說著就碰碰開了兩槍。

子彈果然比較管用，兩發子彈射進陵居的身體，陵居就這樣滾出兩公尺遠。

大熊吹了一聲口哨：「不賴嘛！我需要擔心流彈嗎？」

張寅得意道：「開什麼玩笑，我外號警界首席神槍手，之前沒說出來是怕嚇死你。」

「小心，要來了。」李桐生提醒道。

陵居搖搖晃晃地站起來，他們看見牠中彈的地方，流出的全是透明的黏液，把地上的毯子浸溼一大片。

張寅又連開幾槍，雖說阻擋了陵居攻擊，但這怪物尚未倒下，還發出幾次像是嬰兒啼哭的細碎聲響。

大熊掂量著說：「這怪物少說也有上百斤。」

張寅咋舌道：「喂！說什麼呢，還不趕快把彈殼撿起來，不然我怎麼寫報告。」

「寫個鬼報告！你說你對一個怪物開槍，你那些長官會相信嗎！肯定把你送去心理諮詢。」大熊剛說，沒想到白棋那小老闆真聽話，竟然真的開始撿彈殼。「還真的撿啊，你可不可以不要那麼老實？」

白棋愣了一下，支支吾吾地說：「……這彈殼還滿燙的。」

「……」大熊懶得吐槽他，剛好腳邊滾來一枚彈殼，自己竟也順手就撿了。

大熊剛彎下腰，一手往彈殼抓，那彈殼卻又往旁邊滾動了大約十公分。

接下來大熊就一直保持著這種彎腰的姿勢，被張寅看到了，對他大聲道：「姓梁的，你是閃到腰了嗎？」忽然又語氣一急，說：「我快沒子彈了！」

這時，大熊猛地大吼：「我明白了——」接著抓起那枚彈殼，對張寅說：「不要開槍，別把牠打死！」

張寅聞聲就停住了，這滿屋子的煙硝味已經傳開。他也跟著大叫：「不打死你還想養在水缸裡啊！」

陵居得到空隙，扭動著身體，入體的子彈一顆顆跟著流淌的體液滾落地上。

看來過不久，陵居又會恢復到先前活跳跳的狀態，大熊心道，這怪物根本打不死。

「大熊，你明白什麼了？」白棋忙問。

大熊臉上浮現一抹笑意，說：「先跟著我，我再慢慢解釋。」他指著這房間的一道門，要他們跟著走。

越過了這間房，他們就看見大熊割開了一塊地毯，把一顆彈殼放在地上，正搞不透大熊有何用意，那地上的子彈往某個方位慢慢滾動了十公分左右的距離。

「怎麼、怎麼可能！」張寅驚道：「這裡的地不是平的？」

「相同的房間格局和這些地毯，都影響了我們的判斷力！」大熊衝他一笑，「越接近出口，地勢會越平坦。」他擺擺手，讓他們跟著他。「我們只要走到一間房間，用彈殼試試不會滾動，那裡就是出口！」

張寅邊跑邊問：「為什麼？」

「正如之前小老闆說的，把我們所經過的這些房間看成一層樓，再把這層樓當作個蹺蹺板來看，我們走到東邊，東邊重量一壓，西邊就開始往上，可是往上呢，會嵌合進新的一層樓。」大熊繼續用彈殼辨別方位，領著他們走。「等我們走到西邊，就變成西邊的重量增加，對面的東邊就上升到新的樓層，然後我們又傻傻地走回去。」

「居然會有這種機關？」張寅一臉不可置信，「而我們竟然被晃來晃去都沒感覺！」

「我看彈殼剛才最長才移動十公分左右，」白棋道：「這樣算起來並沒有很陡，這裡佔地大，我們又累了，腳步沉重，不會想到是空間異動的關係。」

「快到了。」大熊看著地上的彈殼，一臉興奮。這次彈殼才移動兩公分。

他們又經過了三間房，到達這間房時，大熊在周邊都試過幾次，彈匣在這個房間裡並沒有滾動。

張寅環顧周遭：「沒有出口啊。」

「當然沒有出口。」大熊說道：「你別忘了，現在除了我們在這層樓，還有那個怪物，那個怪物也是一個能影響空間震動幅度的重量。」

「真是……難怪要把怪物放進來，擺明了想擾亂我們。」張寅怨道。

「所以我剛讓你別把牠打死，那怪物看起來挺沉，打死了還得我們扛過來。」

「還沒死啦，我看牠還好好的，頂多擦傷。」張寅說道：「我們現在就等牠來？」

這時李桐生說了一句：「不，我們無法保證機關盒只會放一隻怪物下來。」

這話說得大家一陣心涼。

李桐生接著道：「我來去把牠誘來。」說著也不等人反應，直接提著刀往來時的房間跑去。

白棋有點急了：「大熊，應該你去！你身強體壯的，又是財庫的老手。」

大熊倒是一點也不害臊，說道：「窮緊張呢，我說那人就沒有個新手該有的樣子。我在這兒偷偷告訴你，李桐生之前跟過一團，到國外沙漠找遺跡的，結果全軍覆沒，就他一個回來，那時候跟他同一團的人有幾個我認識，都算身手不錯的傢伙，但全沒回來。我就想這次趁機摸摸他的底。」

說完，白棋跟張寅異口同聲「欸——」了好長一聲。

張寅直說大熊幼稚，白棋附和道：「對啊，好幼稚。」

「要你們管！」大熊面色微紅。

突然，他們聽見李桐生在遠方喊了一聲：「來了！」

大熊戒備起來，把測試平衡的工作交給白棋，等一下跟陵居的距離接近，勢必還會改變平衡，再移動幾個房間。

張寅看了一下彈匣，剩三顆子彈，聊勝於無，他也重新端起槍。

李桐生掠過門檻，有點喘著跑了過來。他剛說：「要小心。」眾人就看見陵居閃進房間，身體的顏色都變了，變得像煮熟的蝦子一樣通紅，他們正驚異陵居怎麼氣成這樣，就看見牠的人臉上面插著一把刀，刀刃至少沒入五公分。

「……我說你好歹溫柔一點啊！」大熊吼道。

李桐生拭去頰邊的汗水，很正經地說：「牠沒反應。」

大熊見這一幕，彷彿明白了什麼，放低聲音安慰他：「好吧，不怪你。」

那廂白棋已經找出接下來的房間，他吆喝著大家走，接著他們又經過兩間房。

陵居跟了過來，每次都對著李桐生跟大熊攻擊，已經把大熊的手臂刮花了兩道幾乎要翻出肉來的傷。

眼看同伴受傷，白棋更顯焦急，他忙在下一間房裡測試位置，確定彈殼不動，便喊他們快過去。

張寅剛跨進這房間，立刻就看到牆上的彈痕，猛然大叫：「這不是我們之前經過的——」

話還沒說完，就聽見周遭「咔！」了一聲巨響，地上開了一個洞。

他們全掉了下去。

第三十二章　被奪走的寶藏

咔噔！

聽見機關啟動的聲音，女人面色一變，對旁邊的同夥說：「糟了！動作快！」

同夥的兩位男性一人把台上的箱子舉高，一人拿著厚布包裹，簡略把盒子包住，然後各抬一邊，合力把東西搬走，

女人連忙催促他們。

她往後一看，看見那闖過「翻板迷宮」的四個人已經落地。

※※※

下墜的時間很短，讓人來不及思考會掉到什麼地方，就已經停止。

他們四人倒在地上發出呻吟。

白棋摸著疼痛的手臂，心想還好這地方不高，地上還鋪著毯子，才沒有摔傷。

大熊暗暗罵了幾個字，又恢復成元氣滿點的樣子，繼續打量周遭情況。

這一看，方知道陵居也跟著掉下來，正在一邊甩著尾巴想立身，那掙扎的模樣倒跟普通的魚脫水時沒兩樣。

這裡是個正殿，大熊看一眼就知道終於到了機關盒藏寶的地方，但來不及多觀察，陵居已經站起，而且朝他們衝來。

「都快起來！怪物又……」

大熊剛出聲示警，心想再不行的話真得拿液態氮出來噴，卻同時發現陵居竟在半路猛然掉頭，快速往旁邊的通道跑走。

大熊往陵居剛折回的地方看，看見一個階梯，色澤跟整個正殿的地板不同。

原來他們掉在一個高台上，而陵居就像蛇遇到石灰，上不了這個高台。

總算逃出迷宮，喜悅的情緒在他們臉上表露無遺，他們相視一眼，彷彿覺得這幾天的受困都是一場夢。

「這迷宮真歹毒，非得等陵居放出來了才算觸動開口的機關。」大熊怨道。好在難捱的一個階段總算過去，每天望著同一個景色、走過同一個房間，時間久了還真的會產生不少心理壓力。

他們開始四處張望這個地方。

「像座宮殿一樣……這裡到底多大？」張寅嘀咕。

白棋看著這裡的環境，忽然有種奇異的感受湧上心頭，他不由探手覆上自己的心口，因為他的心臟有一股酸酸的、冰涼的恍惚感。

他注意到這宮殿最顯眼的柱子，五道柱子，全是盤龍柱，而且刻法精細，讓人感覺那龍隨時都會飛上天一樣。他也看見點綴在牆面上的寶石，折射出耀眼的光亮，整個樑柱亙在挑高的大廳，堅固地維持這一處空間。

他來過這裡……

白棋心裡有個聲音這麼說著，他知道這地方。

「哇！」

白棋被張寅的驚呼聲吸引過去。

張寅看見了成堆的寶箱，就堆在一邊，他開啟其中一個，全是珠寶製品，另一個箱子，是黃金碗盤，他看傻了眼，直呼他只有在電影上看過海盜寶箱是長這樣的。

「不會是假的吧？」張寅保持冷靜想了想。

大熊說道：「這裡誰跟你擺假的，寶貝放在你面前還不識貨。」說著，他就把背包的東西倒出來，改裝這些寶物。

「哎哎！你做什麼！」

「看了不就知道，拿寶藏啊，不然你讓我費盡千辛萬苦，就為了在這裡寫一句『本人到此一遊嗎』？」

「不是啊！你確定這是沒人的？」

「我的好警官，把東西拿著，嘴巴閉上。」

張寅眉一挑，「你是在賄賂執法人員嗎？」

就在他們鬥嘴時，白棋已經看見這個高台上的一座石台，那裡鋪著一張金黃色的毯子，流蘇彷彿還在輕輕晃動。

白棋走了過去，他看見這毯子上有個壓痕，感覺很舊了，好像在此前一直有個矩形的東西放在上面。

當他思考時，他無意間聽見一聲碰撞的聲音，剛抬頭，就看見李桐生往聲源衝了過去，身影一下子消失在那條通道。

白棋來不及喊他，可也幾乎是毫無思索就追了上去，他剛跑進通道沒幾步，就聽見一道女人的聲音道：「你們先把吐子棺帶走！」

白棋一愣，覺得聲音耳熟，趕忙往前奔，竟直接看見李桐生跟一女的打起來——白棋霎時看得怔愣，因為他看見跟李桐生交手的女人，竟然是梅聖琳！

梅聖琳一身皮衣褲，勉勉強強擋下了李桐生。

李桐生無意與她糾纏，他的目的只想去追被其他兩人拿走的東西，可是梅聖琳纏著他不放，最後李桐生將她絆倒，眼看就要穿過她追上其他兩人。

「我會引爆炸藥的！」梅聖琳大聲地說，逼得李桐生一時停下腳步。

白棋已經顫顫地走過來，伸出手想去把梅聖琳扶起來，但她並不領情，一手抬高引爆開關，一邊對白棋威嚇道：「別過來！叫你的同伴一起退出去！」

「……」白棋完全摸不清楚狀況。他看著梅聖琳，直問：「這是怎麼回事？為什麼妳會在這裡……還有這……」

「我不需要跟你解釋。」梅聖琳語氣冷淡地說。

李桐生神色凝重，退到通道的另一邊。

梅聖琳站起身，繞到通道前方，對著眼前的兩個人，最後，她看著白棋，眼神忽地閃現一絲猶豫，她說：「希望這件事你不要再插手。既然你已經無知這麼多年，接下來也就不關你的事了。」

她說完，直接往通道深處跑開。

白棋來不及問任何問題，只能一臉呆滯地追上去，可是剛拐過一個彎，地上就忽然一陣劇烈搖動，幾乎站不住腳，緊接著，他看見自己腳下裂開了蜘蛛網狀的裂痕。

當他的求生本能在腦海裡警告他大事不妙，他來不及反應，直接跟著碎裂的地板一起往下掉。

這次，地下赫然是水，滿滿的水。

白棋只覺得身體直直往下墜，好像有人在拉。

他剛才沒有先憋住一口氣，所以過沒幾秒就被迫張嘴，讓冰涼的水大量灌進他的身體裡。他幾乎沒在掙扎。

他的意識已經混沌，半張的眼睛，逐漸被水刺激到張不開。

『既然你已經無知這麼多年，接下來也就不關你的事了……』

他耳邊彷彿又聽見梅聖琳這麼說。

這是什麼意思呢？他想。

他不懂。

他懷疑剛才的女人可能不是梅聖琳，不是他的前妻。可是那個態度，又像極了她。

很奇怪，婚姻存續時，他就搞不懂她的心思，每每想讓她直說，她卻輕描淡寫地帶過。

什麼叫不關我的事？

我不是不想聽，是妳不想說。

最後一個念頭在白棋腦海浮現，接著，他就失去了意識。

尾聲

聖誕應景音樂在街道上不停播放。白棋放下掰開百葉窗的手，視線回到這間安靜的辦公室。桌燈照在桌面上的帳本封皮，看在白棋眼裡，好像一張閃著水波的畫。

幾天前，他才出院返家。

那天，他被人發現時，是倒在日月潭拉魯島的岸邊，那時有幾個觀光客剛在那裡拍照，還以為拍出靈異照片，引發一場尖叫，後來發現那真是一個人，而且好像溺水了。

在醫院醒來後，白棋對此全無印象，他後來又想了想，似乎在一瞬記起他掉入水裡，有個女子伸長手臂抱住了他。

女子的面頰蒼白，他看不清她的表情，只看見她的身邊滿是隨波搖曳的黑髮，她的手好細，好像還絞緊了他的腰，接著她的手探入了他胸前，抓住了他在部落靈廟得來的那條項鍊信物。

接著他就在醫院醒來了。

老刀派了人接他回臺北，帶他去給秦清裕上香。

那已是距離秦叔死後一個月了，連案子也解決了，聽說兇手是個慣竊，得知這場拍賣會後，買通了服務員，想混入拍賣會的倉庫偷拿幾件古董，但路還沒找到，就被秦清裕發現，於是他把秦清裕押回包廂，殘忍地殺害。

「那錄影帶是怎麼回事？」

白棋問。

老刀說是監視錄影機的時間沒設定好，那是白棋先前進入拍賣會的時候拍下的。

荒唐。

白棋覺得這個真相真荒唐。

回到臺北，他隔天就去店裡。

所有人看到他都敬禮示意，完全不好奇他這段日子去哪裡，他把元鎬叫進來辦公室問，元鎬竟反問：「不是說您因為秦老闆的死太難過，所以出國散心一陣子？」

「我說的？」

「嗯，我聽見您的語音留言，而且確定是老闆您的手機號碼啊。」

又是一個匪夷所思的片段。

辦公室的桌面上，擺著一張早就過期的邀請函。

秦清裕死後，當鋪商業公會理事長的位置有人遞補，這人也是若水堂第二大持份的人物，這人成為若水堂的新老闆。

白棋錯過了這位新老闆的就職酒會。

但他不感到惋惜，甚至猜測著，如果讓他出席，會不會當場把酒翻了。

還好酒會舉辦的時候，他在「國外散心」——其實是困在機關盒裡還發著燒。在機關盒茫然闖關的時光，如今感覺就像隔了很久，一點真實性也沒有。此刻的和平，不知是真是假。

結果莫名的高燒也在無意間消退。

他也探聽了其他人的下落。

據說張寅因無故曠職，被派下南部參與什麼勞動服務，等處罰夠了才能恢復原職。

拜託老刀打探大熊跟李桐生的消息，老刀說那兩人已經在財庫接了新的工作，雖不知道人在哪裡，但至少曉得活得好好的。

好吧，這樣就好。

白棋繼續算帳。

扣扣！

敲門聲後，白棋看見元鎬過來，照例為他泡上一杯咖啡。

「老闆今天也待在店裡嗎？」元鎬開朗地問。

白棋看著他，也看見桌上放了一個小型聖誕樹，不知道是那個工讀生裝飾的。

「是啊，今天是平安夜。」白棋說：「不然我請你們吃飯吧。」

沒想到元鎬竟然尷尬笑道：「對不起，老闆……我有約了，不然您看看其他人行不行？抱歉抱歉，哈哈，我先走了，老闆再見！」

閃得真快。元鎬關上門後，白棋的笑容也沒了。

現在只有他一個，他不必再裝出笑臉。

又過了一小時，接連幾位工讀生都走了，剩下一位七十幾歲的老朝奉，窩在鑑定室裡打盹，他不是因為沒約才待在這裡，純粹是午覺睡過頭。當他被掃地的工讀生叫醒時，還茫然地問：「啥事呀？」

工讀生說：「有客人來啦。」

老朝奉伸伸懶腰，打了個大呵欠，說道：「請人過來吧。」

白棋把帳本紀錄鎖進保險箱，才轉身，就看見老朝奉一驚一乍地跑了過來。白棋還沒問怎麼了，老朝奉就睜大著眼睛，道：「我沒法鑑定！」

「是什麼東西？」

白棋覺得奇怪，他之前也在這位經驗老到的老朝奉身上學過幾個技巧，怎麼還有老朝奉鑑定不了的東西？

老朝奉喘吁吁道：「說是個清朝的琺瑯轉頸瓶。該死的，那人一開始還說我肯定鑑定不出來，讓我直接請你過去。」

白棋當即愣住——很多記憶，這時候全湧了上來。

他忙問：「現在那客人在哪？」

老朝奉說是請去了ＶＩＰ室，白棋一聽，馬上衝了出去。

轉頸瓶、轉頸瓶、轉頸瓶……他此次奇異的遭遇，全由轉頸瓶開啟。

莫非會這般巧合，會是同一個轉頸瓶？

腦海倏忽湧現的記憶，倒敘著他從醫院醒來，然後遇到水中的女子、離開了迷宮、被吞進龍魚肚子……他無意間得到了轉頸瓶所顯示的地圖，但地圖卻不知用在何處。

白棋停在ＶＩＰ室外頭，他的心劇烈跳動，他開始感到緊張。

門的對面會是誰？是誰拿著轉頸瓶過來？

不管是誰，這人都知道他跟轉頸瓶之間的關連。

這人是故意的，他從一開始就針對他！然後現在拿著瓶子上門了！

腦子很亂。

不，得鎮定。鎮定一點。

呼……

白棋深呼吸一口氣，接著輕輕推開了門——

（卷一　完）

【後記】

首先，請讓我以誠摯心情，感謝您購買這本書！創作者成書不易，您的購買與閱讀對我而言是非常重要的支持，感謝！

機關盒系列小說的設定，在我腦中構思已久。說來奇妙，當初之所以有這個想法，全來自於無意間看見了某個電視鑑價節目，主持人是吳淡如老師，以及特別來賓秦嗣林秦老闆。其實我很少看電視節目，但唯獨這個節目深深吸引了我，最讓我感興趣的無非是當鋪這個職業以及秦老闆鑑價與解說寶物來歷的過程。看久了以後，越來越覺得當鋪這個職業無比神祕，而且在考究寶物鑑賞的過程也相當有趣，這一切都刺激著我的創作欲，於是機關盒系列小說由此產生。

在這部系列小說內，主角白棋的人設有絕大部分是以秦嗣林秦老闆為原型，另外加上我的想像與劇情需要，最終呈現在諸位眼前。秦老闆學識淵博，鑑價經驗老到，個性沉穩敦厚，是我相當敬佩且仰慕的對象，我希望白棋在故事裡也能展現出富有魅力的一面。

我很開心這部作品在初稿的階段，就獲得了文化部的認同，得到文化部的贊助創作。有了文化部的贊助，我又加入了實地考察，補全參考資料，讓小說內的情節雖然有奇幻色彩卻不至於太突兀。臺灣的實際地點、事件、歷史、人物加入想像力，進而創作成嶄新的小說風貌，讓諸位瞭解臺灣的美，一直是我努力的目標，我希望這本書也能讓諸位對日月潭感到興趣，產生進一步探索南投的意願。

接下來，我也會透過臺灣其他地點，融合機關盒系列小說的設定背景，讓大家可以跟著白棋一夥人的腳步一起尋找機關盒的寶藏！

最後，我要感謝責編的幫忙，讓這本書順利出版。感謝各位推薦人，您的推薦對我來說是莫大的鼓舞。感謝我的家人，他們始終付出心力讓我能有一個良好的創作環境。感謝各位讀者，下一部作品也請多多指教了。

再次致謝。

我們下回再見。

沙棠

要推理75　PG2415

要有光
FIAT LUX

機關盒密碼：

九龍遺城

作　　者　沙　棠
責任編輯　喬齊安
圖文排版　周怡辰
封面設計　王嵩賀

出版策劃　要有光
發 行 人　宋政坤
法律顧問　毛國樑　律師
印製發行　秀威資訊科技股份有限公司
114台北市內湖區瑞光路76巷65號1樓
電話：+886-2-2796-3638　傳真：+886-2-2796-1377
http://www.showwe.com.tw
劃撥帳號　19563868　戶名：秀威資訊科技股份有限公司
讀者服務信箱：service@showwe.com.tw
展售門市　國家書店（松江門市）
104台北市中山區松江路209號1樓
電話：+886-2-2518-0207　傳真：+886-2-2518-0778
網路訂購　秀威網路書店：https://store.showwe.tw
國家網路書店：https://www.govbooks.com.tw
總 經 銷　聯合發行股份有限公司
231新北市新店區寶橋路235巷6弄6號4F
電話：+886-2-2917-8022　傳真：+886-2-2915-6275

出版日期　2020年6月　BOD一版
定　　價　320元

本書榮獲 文化部 MINISTRY OF CULTURE 贊助創作

Printed in Taiwan

國家圖書館出版品預行編目

機關盒密碼：九龍遺城 / 沙棠著. -- 一版. --
臺北市：要有光, 2020.06
面； 公分. -- (要推理；75)
ISBN 978-986-6992-45-2(平裝)

863.57 109005015

讀者回函卡

感謝您購買本書，為提升服務品質，請填妥以下資料，將讀者回函卡直接寄回或傳真本公司，收到您的寶貴意見後，我們會收藏記錄及檢討，謝謝！如您需要了解本公司最新出版書目、購書優惠或企劃活動，歡迎您上網查詢或下載相關資料：http:// www.showwe.com.tw

您購買的書名：______________________________

出生日期：________年________月________日

學歷：□高中（含）以下　□大專　□研究所（含）以上

職業：□製造業　□金融業　□資訊業　□軍警　□傳播業　□自由業

□服務業　□公務員　□教職　□學生　□家管　□其它_____

購書地點：□網路書店　□實體書店　□書展　□郵購　□贈閱　□其他

您從何得知本書的消息？

□網路書店　□實體書店　□網路搜尋　□電子報　□書訊　□雜誌

□傳播媒體　□親友推薦　□網站推薦　□部落格　□其他________

您對本書的評價：（請填代號　1.非常滿意　2.滿意　3.尚可　4.再改進）

封面設計____　版面編排____　內容____　文／譯筆____　價格____

讀完書後您覺得：

□很有收穫　□有收穫　□收穫不多　□沒收穫

對我們的建議：______________________________

____

____

____

請貼
郵票

11466
台北市內湖區瑞光路 76 巷 65 號 1 樓
秀威資訊科技股份有限公司 收
BOD 數位出版事業部

（請沿線對折寄回，謝謝！）

姓　　名：＿＿＿＿＿＿＿＿　年齡：＿＿＿＿　性別：□女　□男

郵遞區號：□□□□□

地　　址：＿＿＿＿＿＿＿＿＿＿＿＿＿＿＿＿

聯絡電話：(日)＿＿＿＿＿＿＿＿(夜)＿＿＿＿＿＿＿＿

E-mail：＿＿＿＿＿＿＿＿＿＿＿＿＿＿＿＿